Creature World

Die Bedrohung

Klara verstand nicht,
dass ihr Leben aus den
Fugen geraten wa
musste handeln,
zu wissen, dass a
bisher Erlebte ke
Bedeutung meh
wenn ihre Mission
scheitern würde …

Andreas Marks
im Jahr 2010

Andreas Marks

Creature World
- Die Bedrohung -

Band 1 der Trilogie

Für Karl
herzlichst
Andreas Marks

DeBehr

02/12/2010

Herausgeber: Verlag DeBehr, Radeberg
Erstauflage 2010
ISBN: 978-3939241041

BAND 1

Kontakt

Die Uhr an der Natursteinwand zeigte kurz nach Mitternacht an; der Mond schien hell in dieser klaren, kalten Dezembernacht und es fiel gerade so viel Licht in Klaras Zimmer, dass sie das Zifferblatt der Wanduhr noch lesen konnte. Ihr Kopf dröhnte, ihr Nacken war total verspannt und sie war von einer tiefen Unruhe ergriffen.

Klara fühlte sich einfach nicht imstande, einen vernünftigen Gedanken zu fassen. Viel – viel zu viel war heute passiert. Schlag auf Schlag stürmten die Hiobsbotschaften im Laufe des Tages auf sie ein. Immer wieder flossen Tränen aus ihren tiefbraunen Augen und nur gut, dass sie in diesem Zustand niemand sah. Die Kinder schliefen schon seit Stunden. Sie wussten ja auch nicht, was in den letzten 24 Stunden alles passiert war – noch nicht. Wie lange würde sie wohl vermeiden können, ihnen die Wahrheit zu sagen? Wie würde sie es ihnen sagen, wenn die Zeit reif dafür ist? Wieder traten die Ereignisse des Tages in ihr Bewusstsein, zum wiederholten Mal liefen in ihren Gedanken die Einzelheiten wie in einem Film ab.

Klara Schumann, geboren am 17.4.2062, war immer das, was man gewöhnlich einer cleveren Geschäftsfrau zuschreibt. Kühn, willensstark, selbstbewusst, couragiert, engagiert und erfolgreich. Man schaute zu ihr auf, brachte ihr Bewunderung und Anerkennung entgegen und warb bei ihr für Zustimmung, wenn es darum ging,

Entscheidungen während der verschiedensten Projekte zu treffen.
Sie hatte fast alles erreicht, was sie sich in den Kopf gesetzt hatte - dennoch war sie nicht glücklich. Und wieder fragte sie sich, warum und wieso alles so gekommen ist, und wo sie ganz offensichtlich Fehler gemacht hatte. Mit ihren Kindern war es ihr nicht gegönnt gewesen, ausreichend Zeit zu verbringen.

Tagsüber war Nanny Bea bei ihnen. Bis sie abends nach Hause kam, waren sie meistens schon im Bett. Seit Jack, ihr Mann und Vater ihrer Kinder, bei einem Laborexperiment ums Leben kam, blieb so vieles an ihr hängen. Nach anfänglichen Schwierigkeiten und vielen vergossenen Tränen stürzte sie sich in ihre Arbeit mit dem Ergebnis, dass die verfügbare Zeit mit ihren Kindern stark abgenommen hatte.

Klara arbeitete seit ihrem Studium der Luft und Raumfahrttechnik an nichts anderem, als an dem Ziel, eine Raketentechnik zu entwickeln, die die Menschen vom Planet Erde zu anderen Welten befördern kann. Viele Rückschläge, aber auch einige nachhaltige Erfolge säumten ihren Weg. Doch hatte sich seit einigen Wochen ein merkwürdiges Gefühl bei Klara eingeschlichen, auch hegte sie immer häufiger starke Zweifel an der Sinnhaftigkeit ihrer Arbeit.

Nach einer überwiegend schlaflosen Nacht hatte sich Klara am Morgen auf den nicht ganz unbeschwerlichen Weg zur Arbeit gemacht. Seitdem sie aus Sicherheitsgründen für den Weg zur Arbeit die kleinen Shuttles nutzen musste, war man mehr mit Warten und Rumstehen beschäftigt als mit dem eigentlichen Transfer. So war es auch an diesem Morgen bereits 8:30 Uhr, als sie ihr mit Fichtenholz gestaltetes Büro betrat. Ihr Schreibtisch war normalerweise aufgeräumt, wenn sie abends das Büro verließ. Doch gestern war sie einfach zu faul gewesen, die Vorgänge wieder wegzuräumen. So lag alles noch so wie am Vortrag in kleinen Papierstapeln auf dem Tisch und dabei hasste sie Unordnung.

Klara bearbeitete gerade ein Projekt namens „Nikon". Die Abteilung für Sicherheit erfand immer wieder neue Pseudonyme, unter welchen sich streng geheime Abläufe oder Recherchen verbargen. Man glaubte offensichtlich, dass man auf diese Weise das mögliche Risiko von Spionage vermeiden würde. Welch ein Blödsinn, dachte sie zum x-ten Mal. Dabei lernte man schon in jungen Jahren, wie in der Zeit der Computerkommunikation Systeme auszuhebeln waren. Irgendjemand hatte sich wieder einen Job gesichert und diesen Blödsinn mit den Passwörtern und Codenamen erfunden.

Jedenfalls schien ihr das Projekt Nikon den letzten Nerv zu rauben. Immer wenn sie glaubte, die Lösung für die kniffelige Aufgabe gefunden zu haben, erwies der Probelauf das Gegenteil. Nikon stand für „nebulöse, intelligente, kreative, offensive Naturlebensformen". Dies bezog sich im Wesentlichen auf außerplanetarische Gegebenheiten. Seit einigen Jahren glaubte man, dass sich im Weltall weitere, dem Menschen unähnliche, Lebensformen entwickelt hatten. Nun arbeitete Klara fieberhaft daran, Hinweise, Beweise und Kontaktmöglichkeiten zu finden. Ihr Team bestand aus sieben Mitarbeitern. Alle waren Computerscientologen und hatten eine zweite Ausbildung als Wissenschaftler unterschiedlichster Fachrichtungen absolviert.

Klara wollte sich gerade setzen und schlürfte noch an ihrem Kaffee, als der Bildschirm ansprang und Zaistron darauf erschien. Sie erschrak jedes Mal aufs Neue, wenn sie sein mit zahlreichen Narben übersätes Gesicht erblickte. „Morgen Klara“, brummte er – das „guten“ vermied er in der Regel. Er hasste Freundlichkeiten und überflüssige Worte und er machte auch keinerlei Anstalten, sich diesen Umstand nicht anmerken zu lassen – im Gegenteil.

Mehr mit Trotz als durch Überzeugung antwortete Klara mit einem: „Wunderschönen guten Morgen Zaistron, was gibt es so dringliches in der Früh, dass du schon beim Kaffee stören musst?“
Dies war etwas, was Klara nicht ausstehen konnte und Zaistron wusste das aus vielen Gesprächen. Zaistron verzog keine Miene, ignorierte ihre spitze Bemerkung und zögerte kurz mit seiner Antwort, was Klara eigenartig vorkam. Was jetzt passierte, sollte Klaras Leben verändern und sie in den kommenden Monaten in einer Art und Weise beanspruchen, was Klara niemals zuvor für möglich gehalten hatte. „Klara, wir haben Kontakt! Klar und deutlich und absolut sicher.“
Ihr verschlug es die Sprache. In ihrem Büro war es plötzlich totenstill, sie hatte den Atem angehalten und suchte nach Worten. „Kontakt? Mit wem?“

„Das wissen wir noch nicht, deswegen melde ich mich ja und störe dich beim Kaffee! Ich habe ein mieses Gefühl bei der Sache, ein sehr mieses. Die Nachrichten wurden von weit weg gesendet, die zeitliche Verzögerung lässt dies vermuten. Dr. Konrad errechnet gerade die mögliche Entfernung und die etwaige Position", antwortete Zaistron. Klara bemerkte, dass Zaistron ein weißes und faltiges Gesicht bekommen hatte, bis heute war ihr dies nicht aufgefallen. Durch diese Nachricht waren sicherlich noch einige Falten hinzugekommen.

„Klara, diese Kreaturen waren und sind technisch in der Lage, unser Computersystem anzuzapfen. Ich hatte den gesamten Zeitraum des Kontakts eine grässliche Fratze auf meinem Bildschirm, es war schrecklich." Eine Pause folgte. „Ich hatte plötzlich eine unheimliche Angst. So was habe ich bis heute noch nicht erlebt, ich hatte Herzrasen und konnte mich erst mit drei Zigaretten wieder etwas beruhigen!" Klara lief es eiskalt den Rücken herunter.

„Zaistron, wie soll das denn funktionieren? Hier muss es sich doch um einen makaberen Witz handeln. Ein Irrtum, verursacht durch Hacker, Idioten, die auf sich aufmerksam machen wollen. Ich kann das nicht glauben!"

„Es handelt sich um keinen Irrtum. Wir haben in den vergangenen Stunden sämtliche Systeme gecheckt, alle Funkübertragungen verfolgt und analysiert. Kein Standort auf der Erde oder auf den verbundenen Planeten kommt als Quelle für diesen Kontakt infrage. Klara, wir haben Kontakt. Das stimmt wirklich und es scheint auch kein Zufall zu sein, dass gerade unsere Systeme ausgewählt wurden." Klara war schockiert. Stimmte es wirklich oder war es einer dieser bösartigen Scherze Zaistrons, die von ihm manchmal messerscharf in den Raum geworfen wurden? Es war, als ob Zaistron Klaras Gedanken erraten hätte. „Klara, du kannst dich selbst überzeugen. Suche im Netz unter ‘interactive lifeforms‘“ – es folgte eine kurze Pause. „Dort wirst du merken, dass ich die Wahrheit sage.“ Ganz langsam fand Klara wieder zu sich selbst. Ihr Kopf begann zu hämmern. Fragen, nichts als Fragen schossen ihr durch den Kopf. Fragen, auf die es so schnell keine Antworten geben würde. Sie war sich auch nicht sicher, ob sie überhaupt welche hören wollte.

War dort draußen eine Bedrohung, bestand die Gefahr eines neuen Krieges? Oder waren die Kreaturen nur auf der Suche nach anderen Lebensformen – genau wie ihr Team? Teilte man sich doch das Universum mit fremden Mächten? Wie waren die Kreaturen eingestellt? Welche Art von Sprache würden sie sprechen und wie war ihre Körpersprache? Eins schien plötzlich ganz offensichtlich zu sein – sie waren nicht mehr allein. Wie sich diese neue Gegebenheit auswirken sollte, war natürlich jetzt nicht absehbar. Vieles war unklar, nichts anderes wäre normal gewesen, denn man wusste erst seit einigen Stunden, dass eine radikale Veränderung des menschlichen Daseins drohen könnte.

Im Netz fand sie schließlich die Bestätigung für Zaistrons Mitteilung. Nur seltsam, dass die Aufzeichnung des Kontaktes plötzlich abbrach. Das war kein Systemfehler. Eher wurde der Kontakt seitens der Kreaturen abrupt beendet. Die Funksignale verstummten ohne Vorwarnung. Klara beschlich ein eigenartiges Gefühl der Vertrautheit beim Zuhören der Signale. Gefühle wurden geweckt, die sie seit dem Tod ihres Mannes nicht mehr empfunden hatte. Merkwürdig, gab es einen Zusammenhang zwischen diesen Signalen und mit ihrem verstorbenen Mann? Blödsinn, dachte sie, das ist doch Irrsinn, absoluter Quatsch!

Und doch, auch Stunden später in den eigenen vier Wänden konnte Klara sich des aufkommenden Gefühls nicht erwehren. Was verbarg sich dahinter? Die Leiche ihres Mannes war nie gefunden worden. Man vermutete, dass bei der Explosion und dem nachfolgenden stundenlangen Brand, alles bis zur Unkenntlichkeit verbrannte.

Kurz vor Mittag meldete sich Zaistron wieder. Sie war aufgestanden, um sich etwas Essen zu holen, als Zaistron ihre Absicht durchkreuzte. „Wir haben erneute Signale bekommen. Undeutlicher als die bisherigen und irgendwie anders. Man nutzte dieses Mal nicht das Netz, sondern die Internationale Raumstation mit ihren Außenposten auf dem Mars."

Dieses Mal war Klara nicht überrascht, denn diese Art der Kontaktherstellung leuchtete ihr mehr ein, als das Einloggen im Netz. Die Außenstationen der Internationalen Raumstation wurden schließlich darauf ausgerichtet, mögliche Signale und Botschaften aufzuzeichnen, auszuwerten und den Wissenschaftsteams auf der Erde zur weiteren Bearbeitung zur Verfügung zu stellen. „Was war die Message, Zaistron?", fragte Klara sofort.

„Können wir noch nicht sagen. Wie gesagt, die Bruchteile waren undeutlich und kaum verständlich. Das Bild wurde offensichtlich von etwas gestört. Etwas, was sich in der Region des Senders aufgehalten haben muss. Wir werten die Signale gerade im Computer aus. Vielleicht haben wir die Chance zur Identifizierung. Merkwürdig ist nur, dass die Raumsonden, die am äußersten Rand unseres Sonnensystems positioniert wurden, ausgefallen sind, besser gesagt, außer Kraft gesetzt wurden."

Klara erschrak: „Das klingt nicht gerade beruhigend. Was hat das alles zu bedeuten?"

„Wie gesagt, wir wissen auch noch nichts Genaues. Du, Klara, solltest dich in jedem Fall mit einer Crew deiner Wahl auf den Weg machen, um der Sache nachzugehen."

„Zaistron, du weißt, dass ich von meiner aktiven Zeit als Raumgleiterpilot Abschied genommen habe. Ich bin seit mehr als zwei Jahren nicht mehr geflogen. Ich habe den Dienst quittiert, weil ich mehr Zeit mit meinen Kindern verbringen wollte. Seit Jack tot ist, haben sie nur noch mich und meine Eltern ..." Sie konnte nicht zu Ende reden, Störsignale. Auf dem Bildschirm war nur noch ein wildes Flattern zu sehen. Das Bild Zaistrons war verschwunden, die Verbindung unterbrochen. Was geht hier bloß vor?, dachte sie. Ist das der Beginn einer Invasion von fremden Mächten?

Knack, der Bildschirm war schwarz. Nochmals Knack, ein Surren und plötzlich war der Bildschirm hell erleuchtet. Eine ekelhafte Fratze grunzte ihr unverständliche Laute entgegen. Sie fuhr zusammen.

Ihr Herz wurde von einem Gefühl erfasst, als würde jemand es mit beiden Händen umklammern und zusammenpressen.

Es war schrecklich. Angst machte sich breit und nahm ihr fasst die Luft zum Atmen. Viele Jahre waren vergangen, seit Klara die letzte Beklemmungsattacke erlebt hatte und nun dies! Sie hatte fest geglaubt, dass diese Gefühle der Vergangenheit angehören würden. Wie sie sich nur so täuschen konnte. Das Gurgeln wurde lauter und mit einem Male meinte sie, menschliche Stimmen im Hintergrund zu hören. Wurde sie wahnsinnig? Waren das die ersten Anzeichen, ausgelöst durch die noch immer andauernden Beklemmungen? Nein, da war es wieder zu hören – Stimmen! Deutlich und ohne Akzent wurden jetzt Worte formuliert. Wer waren diese Kreaturen? Wie zahlreich, intelligent und wie gefährlich waren diese Wesen? Plötzlich wurden die Konturen der Kreatur scharf. Bekleidet war das Wesen mit einem gummiähnlichen Material. Die Farbe war dunkel, wie eine Art Tarnanzug, durchfuhr es Klara. Etwas zu klein geraten für Klaras Geschmack, aber irgendwie passend. Die platte Nase, die gräulichen Augen und die übergroßen Ohren passten nicht zusammen. Haare konnte Klara nicht erkennen, sie waren offensichtlich in einer Art Kapuze im Anzug verborgen. Der Mund der Kreatur war anscheinend verstümmelt und nicht oft in Gebrauch. Anders konnte sie sich nicht erklären, warum sich das gesamte Gesicht verzog, wenn es sprach.

Im Hintergrund der Stimme war plötzlich ein lautes Grollen zu hören. Geräusche wie bei einem Schaufelradbagger, murmelte Klara. Es war unheimlich, geheimnisvoll und erschütternd. Das Grollen wurde lauter, die Stimme war nun kaum noch zu verstehen. Die ausgestoßenen Worte waren klar: „Hilfe, wir sterben, dieser Onyx bringt uns alle um!“ Die Worte wurden zu einem lauten Quieken, als das Grollen des Hintergrundes zum Donnern wurde. Todesangst spiegelte sich in den kugelrunden Augen auf der anderen Seite der Leitung. Mit einem Schlag und einem erschütternden Aufschrei war die Kreatur verschwunden. Riesige Schatten verdunkelten den Ort, wo bis vor Kurzem die Kreatur gestanden hatte. Ein Summen, ein Flattern und Zaistron war wieder auf dem Bildschirm zu sehen. „Was war das, Zaistron, hast du etwas mitbekommen?“

„Nein, mein Bildschirm war schwarz. Ich konnte zwischendrin nur ein grässliches Gequieke hören und ein lautes Donnern und Dröhnen. Klara, wir brauchen dich. Bitte überleg es dir genau, ob du nicht die Mission übernehmen willst. Wir wissen nicht, ob sich da draußen etwas Brutales und Menschenverachtendes zusammenbraut.“

Eine kurze Pause folgte und Zaistron fuhr mit seinen Äußerungen in einem für ihn unüblich freundlichen Ton fort: „Es geht hier um mehr als nur um deine Kinder. Wenn wir Pech haben, hängt von unserem weiteren Vorgehen die Existenz der gesamten Menschheit ab.“ Um das zu beurteilen, brauchte Klara nicht die Meinung Zaistrons, sondern eher seine volle Unterstützung.

Klaras Antwort kam spontan in ihrer ganz typischen Art. „Ach, gesetzt den Fall, ich machte mich auf den Weg, diese Mission zu wagen, welche Mittel werden mir zur Verfügung gestellt, welche Leute sollten mich begleiten? Welches Raumschiff ist in der Lage, uns in einer angemessenen Zeit diese Entfernung von mehreren Lichtjahren zurückzulegen?“

„Du fliegst mit der Endavour zum Mars, von dort bringt Euch ein kleines Shuttle zur Raumstation B1. Im Hangar wird dann die Expansion bereit sein, Euch für die nächsten Jahre zu befördern. Das Schiff wurde bisher noch nicht länger als ein paar Tage zu Testzwecken geflogen, hat aber allen Prüfungen standgehalten. Die Mannschaft wird gemäß deinen Wünschen zusammengestellt. Wenn du damit einverstanden bist, stelle ich dir Boris Sandton zu Seite. Er ist mein bester Freund, für meine Leibwache verantwortlich und erprobt durch zahlreiche Kampfeinsätze und sehr geübt mit dem Trionenschwert. Ich selbst würde ein paar Tage später mit einem zweiten Schiff folgen, um Euch zur Seite zu stehen, falls dies erforderlich werden sollte.“ Abermals folgte eine Pause. Klaras Magen knurrte, obwohl sie viel zu aufgeregt war, um etwas essen zu können. Sie zog die Schublade ihres Schreibtisches auf, holte einen kleinen Beutel Flüssignahrung heraus, goss sich die helle Brühe in die Tasse und trank die Tasse auf einmal leer. Sie dachte nach.

Der Viperantrieb war von ihrem Team mitentwickelt worden. Mit dieser derzeit modernsten Technik war man in der Lage, 16-fache Lichtgeschwindigkeit zu fliegen. Jack und sie hatten die Forschungsarbeiten für die ersten Prototypen seinerzeit gemeinsam vorangetrieben. Fünf Jahre hatten sie fast ohne Pause geforscht, geprobt, wieder verworfen und neue Ansätze zur weiteren Entwicklung erarbeitet. Kurz vor Abschluss der Forschungsarbeiten wollte Jack nochmals ein Experiment machen, um die Gasmengen so zu reduzieren, dass eine genauere und bessere Dosierung ermöglicht wurde. Immer wieder war es zu Knallgasexplosionen gekommen, die einen gleichmäßigen Antrieb verhinderten. Das lag hauptsächlich daran, dass sich beim Ansaugen durch den Achtkantkolben zu viel Gas in der Brennkammer sammelte. Dadurch wurde der Gasstrom nicht zur richtigen Zeit unterbrochen, was zur Folge hatte, dass bei der Zündung nicht nur das Gas in der Brennkammer explodierte, sondern auch die Restmenge, die sich zwischen der Zuleitung und dem Zylinderkopfblock anstaute. Die Explosion sorgte immer wieder für lange Reparaturen, was die Arbeit lästigerweise unnötig in die Länge zog.

Aus diesem Grund war Jack abends nochmals ins Labor gefahren. Klara hatte ihren Mann Jack danach nie wieder gesehen. Schon bei ihrem Abschied beschlich Klara ein ungutes Gefühl. Sie hatte vergeblich versucht, Jack davon abzuhalten, zu später Stunde wieder ins Labor zu fahren.

Mit einer lockeren Handbewegung wurde ihr Einwand von ihm beiseite gewischt. Jack küsste sie zum Abschied auf die Wange und war im nächsten Moment verschwunden. Auch an diesem Abend schliefen die

Kinder bereits und sie saß in Gedanken versunken im Wohnzimmer. Es waren mehrere Stunden vergangen. Sie erschrak heftig, als gegen 2:30 Uhr an ihrer Wohnungstür geklopft wurde. Hatte Jack in der Eile mal wieder den Schlüssel vergessen? Mit bebender Brust und einer aufkommenden Panik machte Klara die Tür auf – Jack stand nicht vor der Tür, es war Mike. Sie schrie sofort auf, denn sie ahnte, dass etwas Schreckliches passiert sein musste, sonst wäre Mike nicht persönlich gekommen, sondern hätte das Telefon benutzt.

Was dann folgte, war der Beginn eines Albtraums. „Klara, stammelte Mike, Jack ist bei einem Laborexperiment ums Leben gekommen, es tut mir so unendlich leid." Jack, durchfuhr es sie, tot? Das durfte nicht wahr sein. Mike musste sich irren!

„Erzähl keinen Unsinn, Mike! Jack wollte doch nur im Labor die Gasmengenreduktion testen. Dabei stirbt man nicht!"

„Klara, komm her, mit so etwas spaße ich nicht. Das Labor ist bis auf die Grundmauern abgebrannt. Jack war im Labor, das wusste und bestätigte der Sicherheitsdienst." Klara sank auf die Knie und begann fürchterlich zu schluchzen. Tränen kullerten ihr ungebremst die Wangen herunter und sie schrie immer wieder: „Nein, nein, warum – warum gerade Jack?!"

Nun stand sie wieder wie vom Blitz getroffen vor ihrem Bildschirm. Ihre Beklemmungen hatten nachgelassen und sie versuchte, einen klaren Kopf zu bekommen. Den brauchte sie dringend. „Zaistron, warum möchtest du gerade mich auf diese Mission schicken?"

„Ganz einfach, du kennst die Antriebstechnik, du bist zudem eine starke Persönlichkeit und was soll ich dir noch sagen - ich trau dir zu, diese Aufgabe zu lösen."

Was verheimlichte ihr Zaistron? Wie viel mehr wusste er von diesen Kreaturen? Was bezweckte er mit der Wahl Klaras? „Klara, überleg nicht zu lange. Wir wissen nicht, wie viel Zeit wir haben, um angemessene Maßnahmen zu treffen. Gib mir bitte bis morgen früh um 8 Uhr Bescheid."

„O.k.!" Der Bildschirm war wieder schwarz.

Der Mond war zwischenzeitlich hinter einigen aufziehenden Wolken verschwunden. Ihr Zimmer wirkte und schimmerte so dunkel und schwarz wie ihr Bildschirm im Büro. Eine weitere Hiobsbotschaft erreichte Klara auf ihrem Nachhauseweg. Ihre übergroße Armbanduhr vibrierte und Nanny erschien auf dem Schirm. „Wo bist du? Die Kinder sind total aufgeregt. Sie wurden heute von einem unbekannten Mann angesprochen und nach dir befragt. Nur durch eine List konnten sie sich aus seinen Fängen befreien."

„Ich bin in zehn Minuten bei euch. Nimm die Kinder in die Arme und versuche sie zu beruhigen. Sag ihnen, dass ich gleich Zuhause bin und dass sie sich beruhigen sollen!"

Diese Nachricht traf Klara ebenso hart wie die zwei Nachrichten von Zaistron. Was war hier los, was wurde hier gespielt? Und vor allem: Was wurde damit bezweckt? Es machte alles für sie noch keinen Sinn. Waren die Ereignisse zufällig an einem Tag passiert oder war das ein Teil eines Planes, den sie nicht durchschauen konnte? Was hatte der Mann von den Kindern erfahren wollen? Was wollte er von ihr?

Fünf Minuten bevor sie ihr Zuhause erreicht hatte, bemerkte sie, dass sie beobachtet wurde. Schon zuvor, beim Verlassen ihres Büros, hatte sie ein entsprechendes Gefühl. Vorsichtig unternahm sie den Versuch zu erkunden, woher die Blicke kamen. Sie musste auf alles achten, was sich nicht normal verhielt. Es war nicht unbedingt davon auszugehen, dass es sich bei dem „Beobachter" um einen Menschen handelte. Es könnten unbenannte Drohnen sein, auch war es möglich, dass Kameras auf sie gerichtet waren, die an unterschiedlichen Standorten positioniert, eine lückenlose Überwachung ermöglichten. Sie entschloss sich, ein Transfer-Shuttle zu nutzen, um auf diesem Weg die Beobachtung zu unterbrechen, zumindest aber die Gewissheit zu haben, die Chancen zu erhöhen, die Beobachtung zu erschweren.

Mit dem Shuttle war es möglich, einen Zickzack-Kurs zu wählen. Auf diesem Weg konnte man hoffen, in der überfüllten Stadt Verfolger abzuhängen. Durch den Pieper an der Armbanduhr rief sie ein Shuttle. War man, wie sie, privilegiert, wurde man durch die Standortpositionierung der Uhr geortet und danach dem Shuttle gemeldet. So konnte man innerhalb kurzer Zeit einen Transfer organisieren. Zehn Minuten später konnte sie ihre 7-jährige Tochter Amy und ihren 6-jährigen Sohn Nick in die Arme schließen.

Was für ein Tag, dachte sie zum wiederholten Mal. Wie sollte sie sich entscheiden? Bald schon musste sie die Entscheidung bekannt geben. Ein paar Stunden bis zum Morgen waren ihr geblieben. Was sollte sie nur tun? Sollte sie etwa tatenlos zusehen, wie sich draußen im All undurchschaubares abspielte, oder sollte sie doch eher die aktive Rolle übernehmen und an der Mission mitwirken? Nie hatte sie sich vor Schwierigkeiten gedrückt, im Gegenteil, immer war sie bestrebt, Problemen nicht auszuweichen, sondern lösungsorientiert daran zu arbeiten. Meistens war sie damit gut gefahren.

Auch war ihr noch nicht klar, was zu diesen sehr intensiven Erinnerungen an Jack führte. Alles war plötzlich wieder wachgerüttelt. Bis in die kleinsten Details wurden Erlebnisse lebendig, die schon lange keine Rolle in ihrem Leben mehr gespielt hatten – in ihrem Leben nach dem Tod ihres Mannes. Gab es einen Zusammenhang mit den Ereignissen und den aufkommenden Erinnerungen? Der Gedanke schien zwar eher absurd und unwahrscheinlich, aber irgendetwas musste sich hinter allem verbergen.

Wahrscheinlich waren es diese Fragen, die Klara zu dem Entschluss trieben, die Aufgabe anzunehmen. Sie wollte der Sache nachgehen und alles herausfinden, was mit den mysteriösen Geschehnissen zusammenhing. Vielleicht war Jack in dieser Nacht ja auch entführt worden – oft hatte sie diesen Gedankengang verfolgt – und zur Ablenkung hatte man anschließend das Gebäude so in Brand gesetzt, dass eine Rückverfolgbarkeit der Brandursache unmöglich wurde.

Welch ein Irrsinn, dachte sie, wer sollte so etwas tun und warum? Wer hätte einen Nutzen davon gehabt, diese Kreaturen vielleicht?

Planet Capendria

Die Gegend wirkte atemberaubend, fast bizarr. Die Pflanzen waren reich an Farben und versprühten einen herrlichen Duft. Nur Tiere gab es anscheinend hier nicht. Die Befruchtung der Pflanzen erfolgte über eigens dafür entwickelte Drohnen. Sie wurden an die Blüten gesteuert, nahmen an Klebehaken Blütenstaub auf und steuerten anschließend auf die zu befruchtenden Blüten zu. Blüten, die bereits befruchtet waren, wurden entsprechend mit einem Punkt markiert. Auf diese Weise wurde vermieden, dass Blüten mehrmals angeflogen wurden. Ein nahezu perfektes System wurde hier geschaffen und aufrechterhalten.

Das Donnern und Grollen war ohrenbetäubend, kaum auszuhalten. Selbst wenn man sich die Ohren zuhielt, wurde man von dem Getöse fast taub. Gesteuert wurde das Ungetüm mithilfe eines Zentralrechners im Mainquarter. Dort saßen einige dieser Kreaturen, die speziell für die Steuerung dieser Ungetüme ausgebildet worden waren. Das stählerne Ungetüm bestand aus einem ca. fünf x fünf Meter großen Metallkorpus. Es bewegte sich auf zwei großen und zwei kleinen Rädern, die alle einzeln gesteuert werden konnten. In der Mitte des Korpus war eine Ladevorrichtung mit einer Luke.

Hier konnten die Kreaturen aus dem Ungetüm aussteigen oder Gefangene ins Innere heben.
Ununterbrochen im Einsatz, wurde das Ungetüm abwechselnd von fünf Gruppen fortbewegt. Die Aufgabe der einzelnen Gruppen bestand hauptsächlich darin, entlaufene oder verletzte Kreaturen aufzuspüren und diese wieder gehorsam oder gesund zu machen. Einmal gefangen wurden die Flüchtlinge mit einem Sensor versehen, den sie eigenmächtig nicht mehr entfernen konnten. In dieser Gegend des Planeten gab es viele, die auf der Flucht vor diesem eigenwilligen Staatssystem waren.

Sam war einer von den Flüchtigen. Nach seiner Ankunft hatte man ihn einer gründlichen Gehirnwäsche unterzogen – mit Erfolg. Sein Gedächtnis und seine Identität waren komplett neu angelegt worden. Wäre Sam nicht zufällig bei seinen Rundgängen auf einen kleinen Rucksack gestoßen, wäre er nie der Versuchung erlegen herauszufinden, wer er wirklich war, woher er stammte. Es hätte auch keinen Anlass dafür gegeben. Nur so war es ihm möglich gewesen, nach vielen Tagen des Nachdenkens, einzelne Gedächtnisstücke in einer sinnvollen Reihenfolge aufzureihen. Bis es ihm schließlich gelang, seine Vergangenheit und seine eigentliche Herkunft wieder zu entdecken. Er war damals sehr aufgeregt und nervös geworden und musste monatelang aufpassen, sich nicht selbst zu verraten.

Das alles lag nun Jahre zurück. Anfänglich fiel es ihm sehr schwer, bei den Gedanken an seine Heimat nicht den Verstand zu verlieren. Die Computertechnologie war auf diesem Planeten brillant. Noch nie zuvor hatte Sam solch starke Rechner, noch nie derartig hoch entwickelte Waffensysteme gesehen – und was ihn am stärksten beeindruckte, es war ihm nicht möglich zu verstehen, wie man solche leistungsstarke Raumschiffe und Gleiter entwickeln und bauen konnte. Es würde Jahrzehnte dauern, bis man auf seinem Heimatplaneten in diese Dimensionen vorstoßen würde, falls man überhaupt jemals dazu in der Lage sein würde.

Als er damals gefangen genommen wurde, verhörte man ihn monatelang. Diese Kreaturen wollten alles genauestens wissen. So erzählte er über die Ernährung, das Bildungswesen, menschliche Gewohnheiten und über den Stand der verschiedenen technischen und medizinischen Errungenschaften. Parallel dazu wurde sein Wissen zu Forschungszwecken genutzt.

Komplett verkabelt wurden seine Werte aufgezeichnet und ausgewertet. Ziel war es offensichtlich, den Aufbau seines Körpers zu verstehen, um somit Stärken und Schwächen herauszufinden. Was hatte man alles mit ihm gemacht? An viele Einzelheiten konnte er sich nicht mehr erinnern. Einiges war bei der Gehirnwäsche aus seinem Gedächtnis getilgt worden. Alles war offensichtlich Teil eines Planes, den er noch nicht durchschaut hatte – noch nicht.

Ein Teil seiner Behandlung war darauf ausgerichtet, Bakterien zu zerstören. Danach wurde er in diesen Raumanzug gezwängt, der aufgrund der atmosphärischen Strahlung lebensnotwendig war. Der Uniformität wegen wurde sein Kopf in eine standardisierte Maske gesteckt. Zu Beginn wollte er die Maske immer wieder vom Kopf reißen. Dies hatte zur Folge, dass die Kreaturen die Maske mit seinem Anzug verbanden. Nun konnte er nur noch einmal in der Woche unter Aufsicht seine Körperreinigung durchführen, was ihn am Anfang sichtlich störte. Mit der Zeit gab er jedoch auf. Er hatte sich entschieden, seine Kräfte auf Ziele zu konzentrieren, die es ihm ermöglichten zu erfahren, wie er von diesem Planeten entkommen könnte. Die Kreaturen glaubten mit der Zeit, ihn gefügig gemacht zu haben. Darin hatten sie sich mehr als getäuscht.

Die Station Mainquarter hatte den Namen nicht zu Unrecht. Groß und quaderförmig gebaut, bot das Quartier Unterkunft für Tausende von Kreaturen. Gleichzeitig war hier die Schalt- und Kommandozentrale von Onyx, dem geistigen Vater dieses Planeten mit seinen Geschöpfen. Seit einiger Zeit fand sich Sam ganz gut zurecht. Er konnte sich markante Punkte einprägen und fand somit heraus, wann und wo welche Abläufe stattfanden und welchem Ziel diese galten. Zu seinem Erstaunen war er nicht allein als Mensch unter diesen Kreaturen. Schon bald nach seiner Ankunft fand er heraus, dass es weitere Artgenossen geben musste. Diese Gedanken schossen ihm durch den Kopf, als er die Verbindung mithilfe des Transmitters unterbrechen musste, um seine Gefangennahme zu verhindern.

Das Ungetüm, welches von den Kreaturen Krakau genannt wurde, war bedrohlich nahe gekommen. Die Greifarme waren geöffnet und bereit zum Zupacken. Mit einem kräftigen Sprung zur Seite vermied Sam den

Zugriff. Jetzt rannte er um seine Freiheit, vielleicht auch um sein Leben. Sam wollte keinen Sender implantiert bekommen. Durch Gespräche, die er belauschen konnte, hatte er erfahren, dass es auch zu brutalen Verhörmethoden, die einer Festnahme folgten, kommen konnte. Er wurde alleine vom Gedanken getragen, seine Freiheit zu erlangen und irgendwie wieder dorthin zurückzugelangen, wo er hergekommen war. Ein schwieriges Unterfangen, denn er konnte sich immer noch nicht vollständig daran erinnern.

Einige Hundert Meter von ihm entfernt lag ein dichter Wald. Das war sein Ziel, dorthin musste er gelangen. Der Weg war steinig und er musste ständig aufpassen, nicht zu stolpern. Äste, loses Geröll und der glitschige Untergrund wirkten auf Sam grauenvoll. Er empfand mächtige Angst. Das Weglaufen vor Krakau war nicht sein größtes Problem, damit wurde er fertig. Nein, es war dieses Zickzack-Laufen, welches gepaart mit spontanen Seitwärtsbewegungen verhinderte, dass eine der abgefeuerten Betäubungsschüsse ihn traf. Wahllos wurde auf ihn gefeuert. Sehr heftig pfiffen die Geschosse an seinen Ohren vorbei. Er sprang über eine Kuhle, machte wieder einen langen Satz und der Wald war schließlich nur noch wenige Meter von ihm entfernt.

Die Kreaturen hatten Angst vor der Dunkelheit des Waldes, was für Sam den Vorteil bot, dass man sich im Waldesinneren recht sicher fühlen konnte. Obwohl Sam noch keine Tiere entdeckt hatte, strahlte der Wald etwas Unheimliches aus.

Wiederholt war es vorgekommen, dass Kreaturen Krakau in den Wald hineingesteuert hatten, ihn aber ohne fremde Hilfe nicht wieder herausholen konnten. Am gefährlichsten waren jedoch die zahlreichen Drohnen, die parallel zu Krakau flogen, um bei Bedarf auszuschwärmen, um die genauen Standorte der Flüchtigen zu erkunden. Manche der Drohnen waren für menschliche Verhältnisse schwer bewaffnet. Die Kugeln, die aus kleinen auf dem Oberteil befestigten Läufen abgeschossen wurden, waren trotz des Anzuges sehr schmerzlich. Traf eine Kugel im richtigen Winkel den Anzug, drang das Geschoss ein, um sich schließlich direkt am Körper splitternd zu teilen. Die Verletzungen, die auch Sam schon zweimal heimgesucht hatten, heilten sehr langsam.

Ohne Desinfektionsmittel und eine sorgfältige Verarztung lief man Gefahr, dauerhafte Blessuren davon zu tragen.

Noch zwei, drei Schritte - der Wald war erreicht. Sam hatte immer noch eine recht gute Kondition und er war trotz der langen Laufdistanz kaum außer Atem. Er zögerte kurz, um sich zu orientieren, als eine Kugel an seinem Kopf vorbeizischte. Sam musste weiterrennen – schnell musste er rennen. Fieberhaft überlegte Sam, wie er sich den Drohnen entledigen, ihnen am schnellsten entkommen konnte. Er besaß keine Waffen und so konnte er nur weiter um sein Leben rennen. Sich einem Kampf zu stellen, führte ohne Waffen zu keinem positiven Ergebnis.

Offensichtlich hatte man mit ihm heute kein Pardon, die Kreaturen wollten ihn kriegen, egal ob tot oder lebend. Warum wurden die Drohnen so aggressiv gesteuert? Was war passiert, was die Verhaltensweise so ändern konnte? Hatte man ihn bei der Nutzung des Transmitters beobachtet? Wurde etwas protokolliert? Hatte er etwas übersehen?

Er stolperte, fiel hin und schlug dabei mit seinem rechten Knie auf harten Fels. Er schrie vor Entsetzen und den stechenden Schmerzen laut auf. Zwei Drohnen kreisten um ihn – schussbereit – auch das Grollen war plötzlich wieder lauter geworden. Die Kreaturen hatten sich wohl entschieden, Krakau wider besseren Wissens in den Wald zu steuern. Wollte man ihn doch lebend fangen? Plötzlich tauchte eine dritte Drohne auf. Das Summen war eigenartig, klang etwas befremdend und war kaum zu überhören. Schüsse fielen. Sam bückte sich instinktiv tiefer und blickte seinem Tod in die Augen. Es wurde heftig geschossen, aber zu seinem Erstaunen nicht auf ihn. Die Drohnen beschossen sich plötzlich gegenseitig – kaum zu glauben.

Ziko benötigte lange, bis er die komplexe Steuerung endlich verstanden hatte. Noch länger hatte es gedauert, bis er die Geschicklichkeitsübungen, die von Nöten waren, um Drohnen fehlerfrei zu fliegen, mit Erfolg absolviert hatte. Das Lernprogramm lag nun schon Jahre zurück. Es folgten Auszeichnungen, gesammelt bei sämtlichen Drohnen-Manövern, die Onyx mehrmals im Jahr organisieren und veranstalten ließ.

Ziko war ein treuer Untergebener, der seine Aufgaben stets mit Sorgfalt und Geschick löste. In jüngster Vergangenheit kamen ihm aber immer mehr Zweifel an seinem Tun und Onyx' Aufträgen. Er wollte friedlich mit den verschiedenen Lebewesen auf diesem Planeten zusammenleben. Ziko hasste das Töten und wollte es auch nicht mehr ausüben.

Nun war Ziko beauftragt worden, die Jagd nach einem ehemaligen Menschen durchzuführen, was seinerseits Unbehagen, Irritation und Wut in ihm entflammen ließ. Nur so konnte er sein plötzliches Fehlverhalten aus der Sicht Onyx' erklären. Er wollte nicht mehr töten, er wollte das Töten verhindern. Viel Zeit blieb ihm nicht. Die zwei von Ason und Tigon gesteuerten Drohnen verharrten über einer flüchtigen Kreatur, bereit diese in jedem Moment zu töten. Beide Drohnen neigten sich gerade leicht nach vorne, um ihr Ziel besser ins Visier zu nehmen, als Ziko das Feuer auf die Drohnen eröffnete. Es blieb ihnen keine Zeit Gegenmaßnahmen einzuleiten. Die Überraschung, von einer Drohne angegriffen zu werden, war zu groß. Ziko feuerte wild, aber gezielt. Beide Drohnen zerbarsten in der Luft. Sam spürte, wie einige Teilstücke auf seinen Rücken fielen. Welch ein Wunder, dachte Sam. Er drehte sich leicht zur Seite, um einen besseren Blick nach oben zu erhalten, als er sah, dass die Drohne sich bereits auf dem Abflug befand. Es war ihm nicht mehr möglich, irgendetwas zu erkennen, was vielleicht geholfen hätte, etwas über die Identität seines Retters zu erfahren. Nichts wie weg hier, dachte Sam, und versuchte aufzustehen.

Sein Knie schmerzte höllisch, doch gelang es ihm nach einigen Anläufen, sich aufzurichten.

Das Grollen war verstummt. Durch den plötzlichen Beschuss der Drohnen hatte man sich entschieden, Krakau nicht tiefer in den Wald zu steuern. Sam war erleichtert – noch mal Glück gehabt. Aber wer war sein Retter? Und warum hatte man ihn gerettet?

Entscheidung

Müde vom vielen Nachdenken fiel Klara in einen tiefen Schlaf. Sie träumte von Jack – seit Jahren zum ersten Mal wieder. Gemeinsam lachten sie und schlenderten am Bach entlang. Hier oben in den Bergen entsprang der Fluss Main. Sie redeten viel und diskutierten auch Sinn und Unsinn ihrer gemeinsamen Arbeit. Hin und wieder blieben sie stehen, um sich zu küssen. Als Klara kurz nach sechs Uhr aufwachte, hatte sie nur drei Stunden geschlafen und fühlte sich dennoch total entspannt. Sie hatte selten feuchte Träume und war froh, dass sie in diesem Zustand niemand sah. Sie konnte es kaum fassen, als sie merkte, was während des Traums passiert war. Was geht mit mir vor?, dachte sie wieder, als sie auf dem Weg zur Dusche war.

Zaistron hatte die ganze Nacht kein Auge zu getan. Die Vorbereitungen hielten ihn die ganzen Stunden über hellwach. Er hoffte inständig, dass sich Klara zu einer Zustimmung durchgerungen hatte. Obwohl Zaistron am Bildschirm die Sequenzen verschiedener Sights permanent überprüfte, war kein erneuter Kontakt entstanden.

Am gestrigen Abend hatte er mit Boris gesprochen, ihm Instruktionen gegeben und sich seiner Loyalität zu Klara versichert. Boris war der richtige Begleiter für Klara und ihm in dieser Nacht eine große Hilfe.

Die Endavour startklar zu machen, war schwieriger als erwartet, zumal man der Admiralität nicht die komplette Wahrheit sagen wollte. Nach eingehenden Beratungen mit Präsident Jacob Miller und dessen Minister für innere Sicherheit und Weltraumfragen, Jason Thorpen, wurde auf Geheimhaltung gesetzt. Man wollte um jeden Preis eine Massenhysterie vermeiden. Der Präsident selbst rief beim Raumflottenadmiral Jenkins an, um den Befehl zu geben, die Endavour unverzüglich startklar zu machen. Zaistron war dies zuvor nicht gelungen. Um zehn Uhr sollte sie abflugbereit sein. Statt eines „Jawohl“ wurden nur Bedenken geäußert und vor einem Flug mit dem eigentlich schon ausgemusterten Raumschiff gewarnt. So wurden Sicherheitsfragen diskutiert, anstatt das Schiff zu checken. Jenkins hatte sich nach seinen vergeblich geschilderten Bedenken und Einwänden sofort an die Arbeit gemacht und das Schiff, soweit das in der Kürze der Zeit machbar war, startklar gemacht. Eine Mannschaft wurde zusammengestellt, sodass ab neun Uhr alles parat stand.

Klara fühlte sich nach dem Duschen gut gerüstet, ihre Kinder zu wecken und die nötigen Dinge zu besprechen, die während ihrer Reise erforderlich waren. Ihr Plan war, die Kinder mitsamt Nanny zu ihren Eltern bringen zu lassen. Sie wohnten auf dem Land und waren dort schlecht für Dritte auffindbar. Nick und Amy waren bereits wach, als Klara ihr Zimmer betrat. Sie wurde stürmisch begrüßt und beide erzählten von ihren Träumen. Klara hörte mit Genuss, was beide zu erzählen hatten. Nachdem die Erlebnisse der Kinder berichtet waren, setzte sie sich auf Amys Bettkante und nahm beide in die Arme. „Amy und Nick, ich muss euch etwas erzählen, was nicht ganz einfach zu verstehen ist. Es tut mir sehr weh, aber ..." Klaras Worte ergriffen die Kinder und führte sie durch die Ereignisse der letzten Stunden und die notwendig gewordenen Entscheidungen. Die Kinder machten große Augen und Nick platzte heraus: „Können wir mitkommen?"

„Au ja!", fügte Amy hinzu. Klara konnte die Begeisterung verstehen und antwortete mit Überwindung und schweren Herzens: „Amy und Nick, gerne würde ich euch mitnehmen, nichts lieber als das. Genau das ist mir aber untersagt. Außerdem müsst ihr doch in die Schule. Es gibt dort noch so vieles für euch beide zu lernen. Wirklich meine Lieben, es geht wirklich nicht!" Ihre Augen füllten sich mit Tränen. Nick bemerkte sofort, wie sich seine Mutter fühlte und meinte: „Macht nichts Mama, aber du verstehst, dass wir es zumindest versuchen mussten! Bei Opa und Oma können wir wenigstens reiten und wir werden bestimmt jede Menge Spaß haben. Dann kocht uns Oma immer unser Lieblingsessen, das ist sowieso besser als Weltraumnahrung!"

Bea bereitete gerade das Frühstück vor, als das Telefon klingelte. Es war Zaistron. „Und Klara, ich hoffe, du konntest einigermaßen schlafen – wird ein langer und anstrengender Tag für dich und deine Crew."

„Wie kommst du denn darauf? Glaubst du denn im Ernst, ich würde mich auf diese Odyssee einlassen?" Stille folgte ...

„Das heißt, du fliegst nicht? Klara bitte – mach keine Scherze, es steht zu viel auf dem Spiel!" Wieder folgte eine Pause ...

„Du hast recht, also Spaß beiseite. Ich will nicht kneifen ... O.K., ich fliege."

„Gott sei Dank, ich danke dir von ganzem Herzen - wirklich. Wann können wir uns treffen?"

„Zaistron, ich mache mir Sorgen wegen meiner Kinder. Sie wurden gestern von einem Mann verfolgt, den sie nur mit einigen Tricks abschütteln konnten. Ich selbst musste Drohnen abschütteln. Aus diesem Grund möchte ich sie zu meinen Eltern bringen lassen. Dort sind sie gut untergebracht und haben zumindest noch bekannte Gesichter um sich und Großeltern, die ihnen die notwendige Fürsorge entgegenbringen. Da fühle ich mich einfach besser und muss mich nicht permanent sorgen."

„Das mit dem Mann und den Drohnen klingt gar nicht gut. Das mit deinen Eltern finde ich eine gute Entscheidung. Wann kann ich mit dir rechnen?"

„So in einer Stunde bin ich bei dir, dann können wir alles Weitere besprechen."

„O.K., Boris ist auch schon hier. Er freut sich, dich endlich mal kennenzulernen. Bis gleich und, das hatte ich vergessen, ich wünsche dir einen schönen guten Morgen." Klick, die Leitung war gekappt.

Zaistron hatte zum ersten Mal seit Jahren „guten Morgen" gesagt. Es war sicherlich die außergewöhnliche Situation, dass er sich auf diese Weise zu freundlichen Gesten hinreißen ließ. War das jetzt ein gutes oder schlechtes Omen? Die Reise würde gefährlich, das glaubte sie zu wissen – zu vieles sprach schon jetzt dafür.

Vorsichtig öffnete Klara die Haustür. Mit einem Super-Fish-Eye-Scanner suchte sie die Gegend nach Drohnen und nach auffällig erscheinenden Personen in der Peripherie ihres Hauses ab. Durch das Eckhaus, was sie seit vielen Jahren bewohnte, hatte sie einen guten Überblick über die angrenzenden Häuser und eine Sicht von gut 200 Metern in beide Richtungen.

Plötzlich, sie wollte gerade den Sensor ausschalten, piepte das Gerät – ein klares Signal für Drohnenerkennung. Aber wo? Sie hatte nichts gesehen. Tür zu, dachte sie, so kommen wir hier nicht weg. Sie lehnte sich an die geschlossene Haustür und überlegte, was als Nächstes zu tun sei. Vielleicht hat Zaistron eine Idee – der Gedanke war noch nicht zu Ende gedacht, als sie bereits die Nummer ins Telefon tippte. „Hallo Zaistron – ich komme hier nicht weg, vor unserem Haus habe ich mit dem Scanner Drohnen geortet. Wenn sie bewaffnet sind, haben wir keine Chance!"

„Beruhige dich Klara, ich hatte nach deinen Schilderungen von heute Morgen damit gerechnet. Ich schicke

Boris zu dir. Er wird euch sicher abholen und zu mir ins Büro bringen." Klara zögerte.

„Du kannst ihm vertrauen, glaub mir. Er ist in Kürze bei euch." Klick.

Boris Sandton war ein kräftiger, aber nicht zu muskulöser Mann in den Mittvierzigern. Sein dunkles Haar war kurz geschnitten und nach hinten gefönt. Seine Augen waren tiefbraun, sein Kinn kantig und seine Wangen gaben seinem Aussehen ein markantes und attraktives Profil. Knapp 1,80 m groß, fiel er durch elegante Anzüge und durch seinen schlaksig-salopp wirkenden Gang auf, wenn er wie heute Morgen den kurzen Fußweg von seinem Appartement ins Office lief. Stets mit einem Lächeln auf seinem Gesicht, konnte man den Eindruck gewinnen, mit einem Vertreter zu tun zu haben, der es gewohnt ist, seine Produkte und sich selbst perfekt zu vermarkten.

Kaum fünf Minuten nach Klaras Anruf klopfte es an der Terrassentür. Als Klara die Schiebetür öffnete, um Boris hereinzulassen, erinnerte sie sein Anblick an einen Ranger. Dunkelgrüne Hose, Jacke und das entsprechende Safarihemd kleideten ihn adäquat. Boris hatte sich in seinem Büro vor seiner Abfahrt noch schnell umgezogen. Er fühlte sich so einfach wohler. Ihre Blicke trafen sich ... Klara war überrascht.

Die Wärme seiner Augen wirkte souverän und vermittelte Vertrauen.

„Hallo, du musst Boris sein."

„Ja, und Sie Klara." Klara errötete, sie hatte Boris einfach geduzt, mehr als peinlich. „Oh, entschuldigen Sie bitte, aber das mit dem du ist mir ..."

„Kein Problem, dann bleiben wir auch dabei, wenn es recht ist!"

„Komm rein, wir sind gerade beim Packen, aber gleich fertig. Wir könnten los, wenn nur die Drohnen nicht wären."

„Das mit den Drohnen übernehme ich. Mal sehen, wie ich die Dinger überlisten kann. Gibt es noch etwas, was ich zwischenzeitlich tun kann?"

„Ja, du könntest bitte die Koffer von oben nach unten bringen, stehen alle im Gang."

Amy und Nick kamen die Treppe runtergestürmt, als sie Klara und eine fremde Männerstimme hörten. Bei Klara angekommen schmiegten sich beide um ihre Beine. „Sagt guten Morgen zu Boris, er ist so nett und holt uns heute ab." Im Chor riefen die beiden: „Guten Morgen, Boris! Begleitest du Mama auf ihrer Reise? Pass ja gut auf sie auf! Du musst wissen, dass sie unsere einzige Mama ist und auch den Papa für uns ersetzt", rief Nick. Mit sanfter Stimme antwortete Boris: „Na klar passe ich auf eure Mama auf, denn ich möchte mit euch keinen Ärger bekommen – Ehrenwort!" Nick und Amy nickten zufrieden und sausten in die Küche, wo Bea gerade ein Lunchpaket einpackte. „Dann mal los", sprach Boris und war mit ein paar Sätzen auf dem oberen Flur. Schnell war das Gepäck an die Tür gebracht. Die Kinder waren mit Jeans und T-Shirt und leichten Windjacken bekleidet.

Ein Betrachter der Szenerie hätte sicherlich sofort an eine anstehende Safari gedacht. Irgendwie dachte Klara, ist es auch eine Art Safari. Nur sind die Tiere diesmal zur Abwechselung Kreaturen einer noch nicht gekannten Spezies. „Wie gehen wir vor, Boris? Hast du schon eine Idee?"

„Ja, ihr werdet das Haus ganz normal verlassen, die Drohnen werden euch entdecken und bestimmt bis auf wenige Meter an euch ranfliegen. Dann werde ich ein Störsignal senden, sodass die Steuerung negativ beeinflusst wird. Mit etwas Glück fliegen sie gegen feste Gegenstände oder sie stürzen einfach ab. In jedem Fall dürft ihr keine Zeit verlieren, das Shuttle zu erwischen. Zaistron hat es bestellt, es müsste an der nächsten Straßenecke auf uns warten; das sind gerade mal 150 m von hier, Ecke Mainstreet."

„Bea, bitte nimm das Gepäck der Kinder. Du kannst ungestört gehen, glaube ich, denn auf dich haben es die Drohnen nicht abgesehen", sagte Klara. „So ihr Lieben, wir rennen nicht, falls etwas draußen passiert. Wir bleiben ruhig, bis Boris das Signal gibt, dann lauft ihr so schnell wie möglich in die Mainstreet. Springt ins Taxi und wartet dort auf uns. Seid ihr startklar?"

„Ja, sind wir!" Klara öffnete die Tür und nach und nach verließen sie ihr geliebtes Zuhause. Boris nahm seine Waffe und fing sofort an Störsignale zu senden. Die Drohnen ließen nicht auf sich warten. Die Trionenstrahlen seiner Lieblingswaffe arbeiteten vorzüglich. Die ersten zwei Drohnen schossen wild durch die Gegend. Es war ihnen, oder besser gesagt den Steuermännern im Hintergrund, kaum möglich, die Flugbahnen zu kontrollieren. Sie flogen kreuz und quer über den Vorgarten und zack, die erste Drohne knallte gegen den Briefkasten, die zweite flog direkt auf Boris zu, wendete kurz vor ihm und stürzte zwei Meter vor ihm auf den Weg. Funken flogen, die Drohnen knallten bei ihrem Aufprall vollständig auseinander.

Die Miniwaffen explodierten und kurze Zeit später waren sie bis zur Unkenntlichkeit zerschmolzen. Sie erreichten den Gehweg und bogen links ab. Die Kinder liefen Richtung Taxi, gefolgt von Bea, Klara und Boris. Eine dritte Drohne schoss auf Klara zu und machte für ihre Größe einen ganz schönen Lärm. Bevor das Störsignal sie erfassen konnte, feuerte die Drohne die ersten Schüsse ab. Klara konnte gerade noch zur Seite springen und wäre fast in ein entgegenkommendes Auto gelaufen. Ihr Herz machte vor Schreck einen Sprung und sie begann, vor Entsetzen laut aufzuschreien. „Verdammte Dinger!", fluchte Boris und feuerte mit allem zurück, was sein Trionenstrahl hergab. Wieder sprühten Funken, gefolgt von einem Knall flogen die Einzelteile der Drohne durch die Gegend. Einer der Splitter verletzte Bea leicht, was einen kurzen Aufschrei auslöste.

Sie hatten das Shuttle bis auf wenige Meter erreicht, als ein Laserstrahl kurz vor ihnen einschlug. Teerbrocken flogen durch die Luft und alle schrien auf einmal. Der Shuttlefahrer blickte erschrocken und angsterfüllt auf die kleine Gruppe und startete den Motor. Danach nahm er seinen Mut zusammen, sprang aus seinem Fahrzeug und öffnete die hinteren Türen und die Ladefläche. Bea war als Erste am Shuttle, warf das Gepäck hinten rein und sich gleich hinterher. Sofort ging die Klappe zu und fiel ins Schloss. Kaum geschlossen flog ein Geschoss gegen das Ladefenster und explodierte. Das Fenster, offensichtlich nicht aus dem eigentlich vorgeschriebenen Sicherheitsglas, splitterte von seiner Eigenspannung befreit in alle Richtungen. Bea schrie wie wild. Erneut war sie getroffen worden. Bea blutete aus vielen kleinen Schnittwunden und fluchte schmerzerfüllt vor sich hin.

Die Kinder sprangen auf die Rückbank, gefolgt von Boris, Klara auf den Beifahrersitz. Ein lauter Schrei ertönte und Klara fuhr herum. Der Fahrer war von einem Laserstrahl schwer getroffen worden. Das Blut pulsierte aus seiner Armwunde. Offensichtlich war eine verletzte Schlagader die Ursache. Schon war Boris zur Stelle. Blitzschnell feuerte er einige Schüsse auf die Drohne und riss sich seinen linken Hemdärmel ab und band den blutenden Arm ab. Stöhnend dankte der Fahrer und sprang danach endlich vorne ins Shuttle. Das ist wie im Krieg, dachte Klara, wie ein schlechter Traum – eher einem Albtraum gleichend.

Wenn das so weiter geht, werden wir wohl alle dran glauben müssen. Was ist nur plötzlich los? Gerät irgendetwas aus den Fugen? Boris schwang sich wieder auf die Rückbank und brüllte den Fahrer an loszufahren. Das Shuttle machte einen Satz und endlich - die Fahrt hatte begonnen. Die Kinder klammerten sich hinter Klaras Sitz an ihre Arme und sprachen kein Wort. Klara merkte, dass beide mit ihrer Fassung rangen und flüsterte: „Ihr seid beide sehr tapfer, ich bin sehr stolz auf euch!“ Nach einer kurzen Pause drehte sie sich zu Nick um und schaute ihm tief in seine dunklen Augen. Diese Augen - immer wieder wurde sie durch den Anblick lebendig an Jack erinnert. „Nick und Amy, bitte passt auf euch auf, wenn ich nicht da bin. Ich weiß noch nicht, wie lange ich unterwegs sein werde, aber es kann lange dauern. So oft ich kann, werde ich mit euch in Verbindung treten. Ihr könnt mir Mails senden, so oft ihr wollt, so wird die Zeit für uns alle schneller vergehen. Bea wird sich um euch kümmern, wenn Opa oder Oma keine Zeit haben sollten. Es kann auch sein, dass sich euer Aufenthaltsort hin und wieder ändern muss, eurer Sicherheit wegen. Opa wird sich darum kümmern.“ Das Shuttle wurde durch den verletzten Fahrer gekonnt gesteuert.

„Die Ablenkungsmanöver zeigen Erfolg. Keine Drohnen mehr in unmittelbarer Nähe, meldet das integrierte Radar des Navigationssystems“, sprach Boris zum Fahrer gewandt. „Gott sei Dank, das war vorhin wirklich knapp. Wo wollen sie denn nun hin? Direkt in Zaistrons Büro?“

„Bitte fahren sie in die Ring Avenue zum Shuttle Service. Sie brauchen dringend einen Arzt. Wir werden ein anderes Shuttle zur Weiterfahrt nehmen!“
Sie hatten den Shuttle-Service fast erreicht, als das System Drohnenwarnung meldete. „So ein verdammter Mist, fahren sie uns bitte weiter. Ich prüfe derweil, ob wir verfolgt werden. Wie heißen sie eigentlich?“

„Mein Name ist Marceau, Jacques Marceau. Ich komme aus Kanada. Vor 15 Jahren bin ich mit meiner Familie nach Michigan gezogen.“ Er verstummte wieder.

In seinem Gesicht erkannte Boris, dass Jacques starke Schmerzen haben musste. Und sie wurden verfolgt. Drohnen, zwei Stück dicht hinter ihnen. Was tun?, dachte Boris. Fahrend konnte er die Drohnen schlecht attackieren, er konnte nur versuchen, ihre Signale zu stören. Dadurch wurde jedoch auch das Navigationssystem gestört. Die Straße war zu dieser Zeit nur halb so voll wie zu den fast nie endenden wollenden Rush-Hours. Man konnte also richtig Gas geben, um vielleicht auf diesem Weg die Drohnen abzuschütteln. Vielleicht konnte man aber auch weitere Shuttles ordern und eine Art Verwirrspiel beginnen. Bäume säumten links und rechts die Straße. Man gewann den Eindruck, dass man gerade auf einer französischen Allee entlangfuhr. Jacques stöhnte vorne leicht auf. Jede seiner Bewegungen am Lenkrad wurde von einem langen ziehenden Schmerz begleitet.

„Wir brauchen mehr Shuttles auf unserer Straße! Klara, nimm Kontakt mit Zaistron auf. Er soll seinen Hintern bewegen und Abwehrmaßnahmen einleiten. Jacques, bitte ordere weitere Fahrzeuge gleichen Typs und Farbe auf unseren Weg! Wir haben noch viele Aufgaben zu erledigen, wir können es uns nicht leisten, dass unsere Mission schon endet, bevor sie richtig angefangen hat.“

Schon beim ersten Versuch war Zaistrons Stimme zu hören. „Habt ihr Probleme?“

„Zaistron, unser Fahrer wurde von Drohnen schwer verletzt. Außerdem verfolgen uns immer wieder Drohnen, die wir nicht abschütteln können. Wir benötigen weitere Shuttles zur Ablenkung und zur Sicherheit ein paar bewaffnete Gings.“

„O.k., ich will sehen, was sich machen lässt. Wo seid ihr gerade? Ich muss wissen, wo ich die Gings positionieren lassen kann!“

Jacques antworte prompt: „Wir fahren gerade Downtown auf der S7. Die Straße ist breit hier, noch können wir Zickzack fahren.“

„Verstanden, ich leite die Maßnahmen ein. Bis gleich.“ Krack, der Kontakt war beendet.

Die Allee verwandelte sich in eine mit Betonwänden umsäumte Straße. Ein Zeichen, dass Downtown näher rückte. Unterbrochen wurden die Betonwände nur von den Auf- und Abfahrten des Highways. Ab und zu tauchten Brücken auf, die unterschiedliche Stadtteile miteinander verbanden. Die Brücken sind der Schlüssel, dachte Boris. Würde es gelingen, Gings dort zu positionieren, ohne dass die Drohnen davon etwas merkten, könnte man von dort den Abschuss dieser lästigen Verfolger einleiten. „Sollen wir tauschen?“, unterbrach Boris die aufgekommene Stille, indem er Jacques ansprach. „Wie sollen wir das bei fahrendem Tempo machen?“

„Du klappst die Rückenlehne nach hinten. Ich komme vom Beifahrersitz neben dich, trete aufs Gaspedal, übernehme das Lenkrad und du versuchst, nach hinten zu krabbeln.“

„Das kann funktionieren, nur müssen wir aufhören Zickzack zu fahren. Meinst du, wir können das riskieren?“

„Klara, du nimmst mein Trionenschwert und hältst den Strahl durch das kaputte Fenster auf die Drohnen, die näher kommen. Dadurch müssten ihre Schussversuche an Zielgenauigkeit verlieren. Jacques, können wir beginnen?“

Klara zwängte sich zwischen den Vordersitzen nach hinten, dann krabbelte Boris auf den Beifahrersitz. Mit der linken Hand umschloss er das Lenkrad und mit seinem linken Bein übernahm Boris das Gaspedal. Jacques fuhr die Rückenlehne nach hinten und begann sich nach hinten zu bewegen. Es ging nur langsam, sein Arm schmerzte und fing unter der Belastung verstärkt an zu bluten. Klara unterstütze Jacques, indem sie ihn langsam unter seinen Schultern zog, um die Belastung auf seinen Arm zu verringern. Nach einigen schmerzhaften Versuchen, verbunden mit lautem Fluchen, gelang es ihm schließlich, auf die Rückbank zu gelangen.

Die Fahrt führte einige Hundert Meter immer geradeaus, was die Drohnen sofort zum Anlass nahmen, den Beschuss noch zu verstärken. Klara hatte das Trionenschwert auf Störfeuer geschaltet und peilte die Drohnen an. Die Wirkung zeigte die erhoffte Wirkung. Eine Drohne flog kreuz und quer und schlug dicht hinter dem fahrenden Fahrzeug auf. Klara schrie nur: „Duckt euch, es knallt!“ Zusammengekauert erlebten alle einen lauten „Bang“ und schon splitterten Metallteile durch die Luft. Zum Glück trafen sie dieses Mal niemanden. Für einen kurzen Moment kämpfte Boris, um die Kontrolle über das Fahrzeug nicht zu verlieren. Die Druckwelle der zerborstenen Drohne hatte das Shuttle erfasst und drängte es hin und her. Nach ein paar Gegenlenkmanövern hatte Boris die Kontrolle wieder erlangt und begann erneut mit der Zickzackfahrt.

Jacques kämpfte verzweifelt gegen die aufkommende Ohnmacht. Klara versuchte, ihn mit Erzählungen und Fragen bei Bewusstsein zu halten. „Jacques, mach bitte nicht schlapp, wir haben es gleich geschafft. Du darfst nicht aufgeben, wir brauchen dich auch zukünftig als mutigen und zuverlässigen Fahrer!“ Jacques stöhnte und schrie auf, als knapp neben ihm ein Einschlag erneut Teerbrocken aufs Auto schleuderten. Das geht nicht mehr lange gut, dachte Boris. Hoffentlich sind die Gings bald da. Bea schrie im Kofferraum. Sie bekam nicht soviel mit, da sie ihren Kopf zwischen ihren Händen verbarg. „Beruhige dich, Bea“, rief Klara, „wir haben alles unter Kontrolle, unsere Hilfe ist schon auf dem Weg, es kann nicht mehr lange dauern!“

Zaistron hatte fünf Gings bei Admiral Clarks geordert. Das ging flott, nachdem die Befugnis vom Präsidenten übermittelt wurde. Die Positionierung der Gings, so viel war schon klar, musste auf einer Brücke erfolgen. So machen wir es, dachte Zaistron. Drei auf der Brücke und zwei neben dem Shuttle als Eskorte. Gings waren eine Weiterentwicklung von Motorrädern, die mit Düsenantrieb eine beachtliche Geschwindigkeit erreichen konnten. Die Bewaffnung war einfach, aber genial. Zwei Laserkanonen, eine rechts, eine links, sowie eine Trionenwaffe im Heck, um sich gegen Verfolger wehren zu können. Zusätzlich waren die Gings mit Störanlagen ausgestattet, die es ermöglichten, sämtliche Funkkontakte zum Erliegen zu bringen.

Drei Gings wurden auf der Longtom-Brücke positioniert. „Gings-Piloten aufgepasst, das Shuttle müsste in den nächsten zwei Minuten in Sichtweite kommen, halten sie sich schussbereit!"

„Na endlich", rief Boris, als er zwei Gings auf den Highway einbiegen sah. Die Drohnen feuerten unbeirrt weiter. Den „Steuerern" war die Gefahr noch nicht aufgefallen, so boten sie ein gutes, nicht zu übersehendes Ziel für die Gings. Unverzüglich eröffneten die Gings das Feuer auf die Drohnen. Das Shuttle mittendrin. Wieder gingen Klara die Gedanken eines Krieges durch den Kopf. Unvorstellbar, vor 24 Stunden hätte sie nicht gedacht, dass sie Derartiges einmal erleben müsste. Eine Explosion riss sie aus ihren Gedanken. Eine Drohne explodierte knapp neben ihrer Tür. Einige Splitter wurden so heftig gegen das Türfenster geschleudert, dass die Scheibe komplett zersprang. Glassplitter flogen durch das Shuttle. Niemand schrie, alle waren erleichtert, dass sie nicht mehr auf sich alleine gestellt waren. Eine zweite Drohne wurde direkt hinter dem Shuttle erwischt.

Boris schaute in den Rückspiegel und schmunzelte. Die Steuerer waren nicht auf diese Gegenwehr vorbereitet.

Ohne die Taktik zu ändern, gaben sie eine Salve nach der anderen ab, ohne Erfolg. Boris sah eine Brücke auf ihn zukommen. Drei Gings waren in Position gegangen. Die Fahrer hatten auf automatische Zielerfassung umgeschaltet und nahmen drei Drohnen ins Visier. Bei der Sucherfassung noch rot blinkend, schaltete bei Erfassung das Signal auf grün und gab Anweisung „Feuer frei“. Fast zeitgleich trafen die Laserstrahlen ihre Ziele. Die Wucht der Explosion war so heftig, dass das Shuttle ruckartig schwankte. Boris kämpfte erneut, um die Kontrolle über das Shuttle zu behalten. Das Shuttle flog zuerst nach rechts, er steuerte dagegen, die Reifen quietschten. Weitere Drohnen explodierten. Dann war plötzlich Ruhe. Bei einer Schleuderbewegung nach links gelang es Boris wieder, das Shuttle unter Kontrolle zu bringen. Amy und Nick jubelten, als sie erkannten, dass die Gings ihre Arbeit vollständig erledigt hatten.

„Piep, piep, ... hallo? Hier ist Zaistron. Wie sieht es bei euch aus?“

„Hallo Zaistron, hier ist Boris. Bei uns wieder alles O.k.. Den Fahrer hat es schwerer erwischt, aber er wird es überleben. Bea ist leicht verletzt, alle anderen sind unverletzt. Die Drohnen sind vernichtet. Wir haben wieder Ruhe!“

„Das freut und beruhigt mich!“, antwortete Zaistron. „Jetzt macht aber zu, dass ihr so schnell wie möglich zu mir ins Büro kommt! Wir müssen die Lage besprechen und die Kinder in Sicherheit bringen.“

„Wir sind wahrscheinlich in 15 Minuten bei dir, lass schon mal den Kaffee aufsetzen."

„Geht klar, bis gleich!" Klick.

Klara wunderte sich über die plötzliche Fürsorge, die Zaistron an den Tag legte. Aus ihm wurde sie einfach nicht schlau. Er schaffte es immer wieder, sie zu verblüffen. Wie dem auch sei, dachte sie, Hauptsache war, die Kinder in sicherer Obhut während ihrer Abwesenheit zu wissen. Sollte sich Zaistron persönlich dafür verantwortlich zeigen, wäre es eine sicher willkommene Unterstützung für ihre Eltern, und dies war ihr mehr als recht.

Planet Capendria

Sam fasste sich bei jeder Gelegenheit an sein Knie. Seine Schmerzen waren kaum auszuhalten. Aber er war entkommen, dem unbekannten Helfer sei Dank. Nun wurde er nur noch von dem Wunsch getragen, tiefer in den Wald zu gelangen. Dort, wo die Bäume dichter standen, bestand eher für ihn die Chance unentdeckt auszuruhen. Er glaubte, dass er nicht alleine in diesem Wald war. Immer wieder hatte er bei verschiedenen Anlässen zufällig gehört, dass es einigen Andersgesinnten gelungen zu sein schien, im Wald Zuflucht zu finden. Bisher kannte er seinen Weg. Schon oft war er unbemerkt hierher gekommen, um sich kundig zu machen und um die Gegend besser kennenzulernen. Doch je weiter er in den Wald schritt, desto mulmiger wurde ihm zumute. Er schob einige Äste beiseite, als sein

Blick auf einen umgefallenen Baum traf. Das ist doch ein guter Platz, um zu verschnaufen, durchfuhr es ihn. Erschöpft, aber froh sank er auf den Baumstamm nieder.

Sein Atem beruhigte sich und er begann, seine Umgebung zu studieren. Blätter rauschten, Wasser plätscherte, alles schien so friedlich zu sein. Doch da: Stimmen! Leise, aber in seiner Nähe. Vorsichtig und mit schmerzverzerrtem Gesicht ließ er sich neben den Baumstamm gleiten und schob sich in eine Wölbung zwischen Stamm und Erdreich. Er wollte nicht entdeckt werden. Zuerst musste er sich darüber klar werden, wer sich hierher begab und was es für ihn bedeuten würde, entdeckt zu werden. Die Stimmen wurden lauter und verstummten plötzlich. Mist, man hat mich entdeckt – zu blöd, dachte Sam. Da vernahm er ein leises Summen. Es durchzuckte ihn. Drohnen, dämmerte es ihm, und das so tief im Wald? Konnte das wirklich wahr sein? Wie konnten Drohnen so tief ins Dickicht gelenkt werden? Wie war das möglich? Er musste sich einfach irren. Sein ungutes Gefühl vermischte sich mit seiner aufsteigenden Angst. Zum Wegrennen war es zu spät, auch hätte ihn sein verletztes Knie behindert. Wohin hätte er auch laufen sollen, er kannte sich sowieso nicht aus. Instinktiv grub er sich weiter unter den Stamm und bedeckte sich vorsichtig mit herumliegendem Laub.

Dabei musste er sehr behutsam vorgehen, kein Rascheln, welches ihn verraten konnte, durfte ertönen. Auch war er nicht bewaffnet. Waffen wurden nur an Schutztruppen ausgehändigt. Gewöhnlichen Bewohnern dieses Planeten war das Tragen und Benutzen jeglicher

Waffen untersagt. Auf Zuwiderhandlung konnte die Todesstrafe vollstreckt werden und zum Sterben hatte Sam wirklich keine Lust. Plötzlich fielen Schüsse. Das Summen war verstummt – ohne Gegenwehr. Die Stimmen waren nun wieder deutlich zu hören. Laute Freudenstürme brachen los. Waren es Leidensgenossen, die sich mit Waffen versorgt hatten und hier im Verborgenen lebten? Er wartete und hielt sich versteckt. Nach einer Weile wurden die Stimmen leiser, bis sie schließlich verstummten. Mit der Zeit übermannte ihn die Müdigkeit und er schlief trotz der Knieschmerzen tief ein.

Büro Zaistron

Zaistron empfing sie erleichtert und mit Tränen in den Augen. „Gott sei Dank, habt ihr es endlich geschafft. Hier dürftet ihr erst einmal in Sicherheit sein. Das mit den Drohnen ist sehr beunruhigend. Ich dachte, dass wir dieses Problem schon seit längerer Zeit gelöst hätten. Wo diese Objekte plötzlich herkamen und wer dahinter steckt, ist bis jetzt für uns absolut unklar. Auch wissen wir nicht, ob es mit den Kontakten zusammenhängt. Was uns wundert, ist auch, wie eine so präzise Steuerung erfolgen kann – einfach noch unbegreiflich. Aber darum kümmert sich jetzt unser Geheimdienst."

Klara war erschöpft. Auf der Weiterfahrt nach den Explosionen hatte es keine weiteren Zwischenfälle mehr gegeben, aber sie machte sich große Sorgen um Nick und Amy. Für sie war es gefährlich, warum hatte man es auf ihre Kinder abgesehen? Hing das vielleicht mit ihrer

Arbeit zusammen? Ein Arzt wurde von Boris zu Jacques geführt. Sie hatten Jacques auf dem Weg ins Büro halb gestützt und halb getragen. Ihm waren immer wieder die Beine weggesackt. Auf einer Couch im Nachbarzimmer hatte man ihn hingelegt und Bea hatte Jacques permanent am Einschlafen gehindert. Auch Bea litt unter ihren Schnittwunden und stand sichtlich unter Schock.
Der Arzt kümmerte sich um Jacques, versorgte die Wunde und nähte die verletzten Adern mit wenigen gekonnten Stichen zu. Bea attestierte und wurde so von ihren eigenen Verletzungen abgelenkt.

Bea würde in ihrem Zustand und mit ihren Blessuren keine große Hilfe für Amy und Nick sein und Klara hatte so gehofft, dass die vertraute Nanny die Kinder am schnellsten trösten würde. Klara ertappte sich wiederholt bei dem Gedanken doch noch alles abzusagen, um bei ihren Kindern bleiben zu können. Aber das käme einer Niederlage gleich und verlieren und Rückzieher waren nicht ihr Ding. Auch sollten ihre Kinder nicht das Gefühl bekommen, dass sie nicht stark genug seien, solche Ereignisse zu meistern. „Jack war ein sehr guter Wissenschaftler, wie du weißt. Heute wäre er besonders stolz auf dich und deine Kinder!
Er hat oft von deinen Stärken geschwärmt und davon erzählt, dass es ein Segen wäre, so eine starke Frau mit einem so interessanten Job zu haben“, sprach Zaistron zu ihr gewandt.

„Warum erzählst Du mir das? Was willst Du damit bezwecken, Zaistron? Jack hat seine Kinder kaum gekannt und viel zu selten gesehen. Nick und Amy kennen ihren Vater nur von Fotos. Sie haben keine lebendige Erinnerung mehr an ihn. Bei seinem Tod waren sie gerade mal vier und zwei Jahre alt. Zu jung ging Jack von uns, musste er die Kinder und mich verlassen. Alles nur für seine Arbeit, für sie ist er schließlich gestorben."

„Seine Arbeit verhilft uns heute, große Entfernungen schnell und sicher zurückzulegen", entgegnete Zaistron. „Wir sind Jack zu ewigem Dank verpflichtet! Das weißt du auch, Klara. Seine Arbeit hat ihn getötet oder er wurde deswegen ermordet. Genaues konnten wir leider nicht herausfinden."

„Wenn Jack an jenem Abend nicht noch mal ins Labor gefahren wäre, dann würde er noch bei uns sein!", entgegnete Klara. Zaistron konterte prompt: „Vielleicht würde er noch leben, vielleicht aber auch nicht. Klara, es war ein Unfall, ein schrecklicher Schicksalsschlag für euch alle."

„Daran glaube ich immer weniger. Man hat Jack nie gefunden, keine DNA-Spuren, einfach nichts, obwohl die Reste des Labors dreimal untersucht wurden. Ich glaube an keinen Unfall. Vielmehr vermute ich, dass ein Raubmord stattgefunden hat. Jack wurde vielleicht entführt, dazu all die wichtigen Dokumente. Vielleicht hat er sich geweigert, seine Erkenntnisse zu teilen und wurde dann zum Opfer."

„Blanke Theorie, keine Beweise, ich möchte nichts mehr davon hören. Ich wünschte auch, er würde noch leben. Aber es gibt keinen Grund zu dieser Annahme." Mit diesen Worten kamen die Erinnerungen der vergangenen Nacht in Klara wieder auf. Sie empfand wieder diese unbeschreibliche Nähe zu Jack, wieso? Lebte er vielleicht doch, wurde er gefangen gehalten? Steckt er vielleicht hinter diesen seltsamen Kontakten? Ach, es ist absurd, purer Blödsinn. Sie musste sich auf ihre Aufgabe konzentrieren und aufhören, der Vergangenheit hinterher zu sinnen. Aber wer war der fremde Mann, den die Kinder gesehen hatten, was hat das nur alles zu bedeuten?

Boris verließ das Zimmer und kehrte kurz danach mit heißem Kaffee zurück. Der angenehme Geruch von frischem Kaffee breitete sich in Zaistrons Büro aus und ließ für einen Moment Ruhe aufkommen. Der Kaffeeduft mischte sich mit dem herben Männerduft, den Boris unbewusst versprühte. Eine wirklich stattliche Erscheinung, dieser Boris, zwar keine Schönheit, aber irgendwie interessant, sinnierte Klara. Zaistron schlürfte an seinem Kaffee und versuchte, sich zu sammeln. Er dachte an die Diskussionen mit Klara und die Aufgaben, die vor ihr lagen. „Klara, glaubst du, dass die Drohnen und der Kontakt in Zusammenhang stehen könnten oder ist es eher zufällig?“

„Ich glaube, dass es Zusammenhänge geben könnte zwischen dem Fremden, der die Kinder verfolgt hat, und den Drohnen.“ Klara erzählte die Vorgänge vom Vortag und dachte laut über die Sicherheit ihrer Kinder nach. „Du hast recht, ich denke genauso. Woran arbeitest du gerade?“

„Zaistron, du hast doch noch mitbekommen, dass wir einen Auftrag vom Ministerium für die Verteidigung und Sicherung unserer Landesgrenzen erhalten haben, die Drohnenvorgänge der Vergangenheit wissenschaftlich zu analysieren. Daraus sollen wir einen Maßnahmenkatalog erstellen, der die Abwehr und Vernichtung der Drohnen einleitet. Daran arbeiten mein Team und ich seit fünf Monaten. Bisher sind wir davon ausgegangen, dass Terrorristen als Drahtzieher hinter diversen Attacken stecken. Nun stellt sich jedoch die Frage, ob die Hintermänner nicht Terrorristen, sondern Vorboten aus einer anderen Welt und einer uns wahrscheinlich unbekannten Lebensform sind. Ich verstehe das alles noch nicht. Jack hatte mal von seiner Theorie gesprochen, dass tief im All weitere Lebensformen existieren müssten. Die Untersuchungen an Kometen hatten ergeben, dass die chemischen Zusammensetzungen durchaus darauf schließen lassen. Ich habe das damals als Unsinn abgetan, aber jetzt ..."

„Deine Kinder sind bei deinen Eltern nicht unbedingt sicher, Klara", unterbrach Zaistron. „Wenn du damit einverstanden bist, werde ich sie im Head-Quarter der Streitkräfte unterbringen lassen. Dort werden sie immer bewacht und können mit den Offizierskindern in die Schule gehen."

„Das ist lieb gemeint, Zaistron, ich möchte trotzdem, dass meine Kinder zu meinen Eltern ziehen. Du weißt, dass mein Vater Admiral der Luftstreitkräfte war und sich im Ernstfall schon zu helfen weiß. Dort haben sie die nötige Fürsorge und eine gewohnte Umgebung. Außerdem können sie dort mit Nachbarkindern spielen und ebenso mit ihnen zur Schule gehen."

„Wir machen es so, wie du meinst, kein Problem. Boris, was machen die Vorbereitungen für Euren Transfer zum Raumschiff?“, fuhr Zaistron fort.

„Das Shuttle ist startklar, zusätzlich haben wir eine bewaffnete Eskorte. Die Crew der Endavour ist bereits an Bord und trifft die Startvorbereitungen“, antwortete Boris. Klara hatte während der Fahrt die Leute beschrieben, die zusammengetrommelt worden waren. Da sie selbst keinerlei Erfahrung mit Waffengattungen und Aeronautik vorweisen konnte, hatte sie am späten Abend mit ihrem Vater telefoniert und ihn gebeten, ihr die Leute zu nennen, die für diesen Einsatz am geeignetsten schienen. Eine halbe Stunde später hatte der Admiral a. D. die Personalliste durchgegeben und auf diverse Stärken und Schwächen hingewiesen. Zudem konnte er bereits die Verfügbarkeit einzelner Männer und Frauen abklären bzw. erwirken.

Zaistron wurde daraufhin vom Präsidenten informiert und über die Mannschaft in Kenntnis gesetzt. Boris sagte: „Gehen wir nochmals die Crewmitglieder und deren Spezialgebiete durch:.

1. Erster Offizier ist eine gewisser Howard Jacobson, General der Luftwaffe,
2. Zweiter Offizier ist Tom Mountbutton, Waffenspezialist für Laserwaffen jeglicher Art,
3. Dritter Offizier ist der Wissenschaftler Richard Albright von der Universität Michigan, Fachbereich Aeronautik und Astrologie,

4. Vierter Offizier ist der Universitätsprofessor Andrew Cassidy, Fachbereich innere Medizin und Transplantologie,
5. Fünftes Mitglied ist Klaras langjähriger Assistent Dr. Dipl.-Ing. Carlos Muriega, Spezialgebiet Steuer- und Antriebstechnik,
6. Sechstes Mitglied ist Bordingenieur Thomas Harley, Kampfpilot der Navy, Kriegsveteran aus dem Afghanistankrieg,
7. Siebter Mann ist eine Frau namens Catherine Turner, Professor für Mathematik an der Universität Iowa,
8. Achter Mann ist ebenso eine Frau, Conny Winter, Sprachwissenschaftlerin und ausgewiesene Spezialistin für die Programmierung von Sprachcomputern und Übersetzungssoftware,
9. Neuntes Mitglied ist Boris Sandton, derzeit Bodyguard, ehemaliger Kampfpilot der US-Army und erfahren im Einsatz von Laser-Handfeuerwaffen,
10. Das zehnte Crewmitglied heißt James Corner, Raumflottenadmiral der ESA, beschäftigt in Darmstadt, Deutschland. Corner sammelte Flugerfahrung durch Mars- und Mondmissionen und war stellvertretender Projektleiter bei der Entwicklung der Expansion, was bekanntlich ein Gemeinschaftsprojekt von Europa und den USA gewesen ist,
11. Als elftes Mitglied folgt Raumgleitpilot Michael Hammer, Leiter des Ausbildungszentrums der NASA in Cape Canaveral, Fachgebiet Spaceflights,

12. Das zwölfte Mitglied heißt Humphrey Smith, Kampfpilot und Waffenspezialist für Protonentorpedos,
13. Zuletzt folgt Klara Schuhmann, die Aufgaben und Spezialgebiete sind bekannt, sie ist die Leiterin dieser Mission."

Eine Pause folgte, bis Zaistron weitersprach: „Die Handschrift deines Vaters bei der Crewzusammenstellung ist beeindruckend, wenn ich das anmerken darf. Eine sehr gute Wahl, ich glaube die Mischung stimmt. Eine Person fehlt jedoch aus meiner Sicht in deiner Mannschaft – eine Psychologin."

„Eine bitte was? Eine Psychotante! Glaubst du, wir haben so etwas nötig? Oder beabsichtigst du etwa eine heimliche Hirnwäsche durchzuführen zu können, damit wir so berichten, wie du es gerne hättest? Oder erkenne ich etwa Fürsorge in deiner Absicht? Wir brauchen keinen Pfarrer und keine Psychologin an Bord, schmink es dir ab, besser: Vergiss es einfach!"

„Es kann durchaus erforderlich werden, dass eine professionelle Unterstützung, ein sogenannter seelischer Beistand, von Nöten ist, Klara. Ihr werdet sehr lange unterwegs sein. Es kann vieles passieren, jeder für sich ist ein Spezialist in seinem Arbeitsgebiet. Aber ihr seid Menschen mit Emotionen, Wünschen und Bedürfnissen und Ängsten. Unterschätze nicht die Einsamkeit, die den einen oder anderen heimsuchen könnte. Es könnte zu Streitigkeiten kommen, die mithilfe einer Psychologin besser zu lösen sind. Es geht hier um allgemeine

Sicherheitsfragen an Bord und um die Zukunft von uns allen. Mein Vorschlag fällt auf Antonie Russel. Sie ist Tiefenpsychologin und hat Erfahrung durch verschiedenste Kriegseinsätze weltweit. Antonie und ich haben uns bei dem chinesisch-taiwanischen Krieg kennengelernt. Sie ist ein echter Pfundskerl, sieht gut aus und kann Männer förmlich entwaffnen. Bitte vertrau mir, es ist wirklich das Beste, wenn ihr sie dabei habt." Klara antwortete nicht, sie hatte auch keine Lust in den letzten Minuten vor der Abreise mit Zaistron Streit anzufangen. Er würde schon sehen, was er von seiner Idee haben würde. Zaistron weiter: „Die Mannschaft wird durch 20 Space-Worriers, 20 Bordschützen, einem Arzt, zwei Krankenschwestern und 20 Elite-Soldaten komplettiert. Des Weiteren werden fünf Köche, zwei Servicekräfte und fünf Mechaniker die Expansion „am Laufen" halten. Noch Fragen?"

„Ja, wie sollen wir bei der Suche nach diesen Kreaturen vorgehen?", fragte Klara.

Zaistron: „Das müssen wir permanent erörtern. Wir versuchen, die Herkunft der Funksignale mit dem Megateleskop zu orten oder zumindest so nah wie möglich zu bestimmen. Sobald wir Neuigkeiten haben, senden wir diese zu euch auf den Zentralrechner. Dann berechnen wir die schnellste Flugbahn und stimmen diese erneut ab. Wenn das klar ist, werden auch diese Daten auf euer System überspielt. Die Feinabstimmung läuft dann bei euch. Sollten wieder Bildnachrichten folgen, habe ich angeordnet, diese vollständig aufzuzeichnen. Eine Analyse erfolgt in Klaras Labor, parallel wird das Nachrichtenzentrum in Houston an der Analyse arbeiten. Die Ergebnisse werden abgeglichen und euch dann gesendet.“

Wieder unternahm Klara einen Versuch, bei Zaistron sich aus der Mission zu verabschieden: „Zaistron, warum soll gerade ich die Mission leiten? Es gibt viele Andere mit wesentlich mehr Erfahrung, als ich sie habe.“

„Richtig, Klara. Ich bin davon überzeugt, dass du eine gesunde Mischung zwischen Erfahrung, Selbstvertrauen, Wissen über Raumfahrttechnik, Menschenkenntnissen und Durchsetzungskraft besitzt. Aus diesen Gründen bist du für mich erste Wahl.“

„Wenn du meinst. Nun zum Zeitplan. Boris und du werden in ca. einer Stunde abfliegen. Die restliche Crew fliegt mit der Saturion zur Expansion. Die Mannschaft der Endavour ist bereits auf dem Weg. Sie bietet am meisten Platz und war somit auch geeignet, Vorräte für so eine lange Zeit mit aufzunehmen. Admiral Clark ist bereits auf der Expansion. Er war gerade auf dem Mars mit der Überprüfung der Satellitenanlagen beschäftigt, als wir ihn angefunkt haben. Die Expansion liegt am Raumbahnhof Mars Station I, auf der zur Erde abgewandten Seite. So war für ihn die Anreise am kürzesten. Ihr müsst leider auf dem Mars zwischenlanden, die Endavour ist zu groß und kann deswegen nicht direkt andocken. Mit dem Shuttle geht’s dann zur Expansion. Klara, du wirst überwältigt sein, wenn du das Schiff erblickst. Es ist ein richtiger Traum, der sich mit dieser Entwicklung verwirklicht. Der stickstoffgekühlte Atomantrieb erlaubt Spitzengeschwindigkeiten von vierfacher Lichtgeschwindigkeit und das obendrein stufenlos!" Klara grinste. Auch sie war unheimlich neugierig, wie sich die von ihrem Team mitentwickelte Technik in der Praxis bewähren würde.

Es klopfte an der Tür. Ein gut gekleideter Gentleman, bekleidet in einem dunkelblauen Anzug und einem hellblauen Hemd betrat den Raum. Seine leicht gewellten und ergrauten Haare schimmerten im einfallenden Sonnenlicht. Seine Aura war ergreifend. Leute, die ihn nicht kannten, wurden binnen weniger Augenblicke in seinen Bann gezogen. Keine Orden zierten sein Jackett, lediglich fünf kleine goldene Sterne auf jeder Seite, auf den Schultern sitzend, verrieten seinen Rang. Er nahm die Sonnenbrille ab. Die stattliche Erscheinung war kein Geringerer als der ranghöchste Admiral der Streitkräfte a. D., Brigadegeneral, Befehlshaber aller Streitkräfte zu Luft, Wasser und des Weltraums. Seine Tochter staunte nicht schlecht, als die Kinder riefen: „Hallo Opa!" Sie drehte sich um und fiel ihrem Vater in die Arme. „Hallo, blonder Engel, ich wollte dich verabschieden und euch zum Shuttle begleiten. Die Kinder kommen natürlich mit!"

Zaistron wollte gerade widersprechen, als er sich besann, wen er vor sich hatte. Howard Jason Montgommery, Berater des Präsidenten, Mitglied des Senats für Sicherheitsfragen und Ehrenbürger des Bundesstaates Michigan. „Hmm, worauf wartet ihr noch?", fragte Zaistron.

„Für ein Hallo ist ja wohl noch Zeit, wir wollen nicht die gute Kinderstube vergessen!“, entgegnete Jason Montgommery. „Außerdem ist der Präsident auf dem Weg hierher. Er wollte es sich nicht nehmen lassen, ein paar Worte mit meiner Tochter persönlich zu sprechen, bevor die Mission losgeht. Zaistron, ich konnte ihn nicht davon abbringen, die Frau kennenzulernen, die im Interesse der gesamten zivilisierten Welt eine Mission übernimmt, deren Ausgang mehr als offen ist, und was wahrscheinlich dauerhafte Veränderungen für uns alle zur Folge haben wird.“

Wieder klopfte es an der Tür. Der Präsident, begleitet von fünf smart und gefährlich wirkenden Leibwächtern, betrat das Zimmer. „Rühren, meine Damen und Herren, stehen sie bequem und seien sie gegrüßt.“ Klara war ein wenig verlegen, als Präsident Eduard Jacob Miller sie sofort ansprach: „So, auf ihnen ruhen also unsere gesamten Hoffnungen, dass wir einen Weg finden, mit diesen Kreaturen so in Kontakt zu treten, dass es zu keinen kriegerischen Auseinandersetzungen kommt. Der kontinentale Rat, ein Zusammenschluss von Gesandten aller fünf Kontinente, bat mich, stellvertretend für alle Nationen Ihnen und ihrer Crew viel Glück und Erfolg zu wünschen. Bringen Sie die Mission gesund über die Bühne und kehren Sie wohlbehalten zurück. Handeln Sie besonnen, bedenken Sie stets, was für uns alle auf dem Spiel steht. Vertrauen Sie ihren Stärken und setzen Sie die Mannschaft auf den jeweiligen Positionen ein, wo die individuellen Stärken entfaltet werden können. Halten Sie diesen Haufen „Verrückter“

zusammen und tragen Sie zu einer positiven Grundstimmung bei. Das ist genauso wichtig, wie die Kontaktaufnahme, denn Erfolg können Sie nur gemeinsam erzielen. Für ihre Kinder wird gesorgt. Wir werden ihnen eine Ausbildung an den besten Institutionen der Welt ermöglichen. Sie werden keine finanziellen Sorgen haben, egal was passiert, wir stehen zu Ihnen und Ihrer Familie. Dies gilt selbstverständlich für alle Besatzungsmitglieder ihrer Crew. Bitte richten sie das den Mitgliedern der Mannschaft im Namen des kontinentalen Rates aus."

„Danke, Herr Präsident, das werde ich. Bitte schließen Sie uns in Ihre Gebete ein. Ich denke, wir werden göttlichen Beistand nötig haben", antwortete Klara mit leichtem Zittern in ihrer Stimme.

„Ihr zwei seid sicher Amy und Nick", fuhr der Präsident fort.

„Und du bist der leitende Oberbefehlshaber unserer Streitkräfte, ich kenne dich aus dem Fernsehen", platzte Nick heraus. „Ja, das ist meine kleine Schwester Amy und ich bin Nick."

„Papa, kann ich dich kurz unter vier Augen sprechen?"

„Na klar, lass uns kurz rausgehen. Was hast du auf dem Herzen, mein Engel?"

„Papa, bitte pass auf die Kinder auf. Sie wurden gestern von einem fremden Mann beobachtet und verfolgt. Ich habe Angst um sie. Ich möchte sie nicht auch noch verlieren. Wenn ich da draußen bin, möchte ich nicht vor lauter Sorgen Fehler machen."

„Du kannst dich auf deine Mutter und mich verlassen. Ich soll dich von ihr herzlich grüßen und dich fest in die Arme nehmen. Sie ist mächtig stolz auf dich! Zu deiner Beruhigung, ich habe bereits veranlasst, dass unser Anwesen mit Laserprotektoren gesichert wird. Das wird im Moment erledigt. Der Präsident hat zusätzlich eine Spezialeinheit abgestellt. Diese bewacht die Kinder auch auf dem Schulweg. Des Weiteren wurde die Schule unter örtlichen Polizeischutz gestellt. Ich glaube, für ihre Sicherheit ist bestens gesorgt."

„Ich werde Euch vermissen, Papa. Bitte grüß auch du Mama herzlich und richte ihr aus, dass ich euch jeden Abend in mein Gebet einschließen werde!" Sie drückten sich und gingen schweigend zurück ins Büro.

Boris und Zaistron waren gerade im Begriff, das Zimmer zu verlassen. Fast wären sie zusammengeprallt. „Ihr müsst los! Die Koffer nehmen Boris und ich. Herr Präsident, Gott mit Ihnen!"

Klara sagte Bea Lebewohl, verabschiedete sich vom Präsidenten und folgte ihrem Vater auf dem Weg zum Shuttle. Zaistron blieb zwischenzeitlich stehen und übergab die Koffer seinem Mitarbeiter. Zu Klara gewandt sagte er: „Klara, es könnte zu harten Kämpfen kommen, sollte es nicht möglich sein, mit diesen Kreaturen vernünftig zu sprechen oder zu verhandeln. Solltet ihr in Gefangenschaft geraten, unternehmt keine unnötigen Fluchtversuche. Wir werden in vereinbarten Zyklen und unter Einhaltung wechselnder Codes Lebenszeichen von euch erwarten. Sollten diese wider Erwarten ausbleiben, gehen wir vom schlimmsten Fall aus und bereiten eine Invasion zu eurer Befreiung und zur anschließenden Vernichtung dieser Spezies vor. Der Bau der neuen Raumflotte wird in ca. sechs Monaten abgeschlossen sein. Die neue Flotte wird uns in die Lage versetzen, zum einen große Truppenkontingente und zum anderen mobiles Kampfgerät zu transportieren. Wir werden alles für den ‚worst case‘ vorbereiten!“

„Dieser Fall wird hoffentlich nicht eintreten. Wir müssen alles daran setzen, herauszufinden, mit welcher Spezies wir konfrontiert sind. Dafür benötigen wir Zeit. Also bitte keine voreiligen Handlungen. Ich kenne das Militär und weiß, dass die Herren gerne schnell handeln und erst danach darüber anfangen nachzudenken, welche Konsequenzen ihr Handeln hervorgerufen hat.“

„Mach dir keine unnötigen Gedanken darüber, solange dein Vater Berater des Präsidenten ist, haben wir diesbezüglich nichts zu befürchten.“

Klara: „In jedem Fall haben wir es mit äußerst intelligenten Wesen zu tun. Sonst wäre es ihnen wohl kaum gelungen, sich in unsere Systeme zu hacken. Da auch die Steuerung der Drohnen von ihnen ausgegangen sein kann, ist das, auf was wir treffen können, schon beängstigend.“ Die weitere Verabschiedung von Zaistron verlief ohne Zwischenfälle. Es wurden keine Drohnen geortet und so setzte sich das Shuttle mit zwei Begleitfahrzeugen und zwei weiteren Shuttles für eventuelle Ablenkungsmanöver gefolgt von drei Gings in Bewegung.

Auf der Fahrt zur Abschussrampe kreisten Klaras Gedanken um Jack. Ihr Vater bemerkte ihre tiefe Abwesenheit und ließ sich auch von seinen Gedanken treiben. Auch er dachte an Jack und wünschte sich nichts sehnlicher als eine gesunde Rückkehr von Klara und ihrer Mannschaft. Nicht auszudenken, wie er auf Dauer mit einem etwaigen Verlust umgehen würde, sollte Klara etwas zustoßen. Das Verkehrsministerium war angewiesen worden, Umleitungen so zu arrangieren, dass besonders viel Verkehr auf dem Weg zum Raumschiff unterwegs war. Nick und Amy sprachen kaum etwas, langsam schienen beide zu realisieren, dass ihre Mutter nun für sehr lange Zeit von ihnen getrennt und auf fremden, vielleicht sogar lebensgefährlichen Wegen unterwegs sein würde. Im schlimmsten Fall würden sie ihre Mutter nie wiedersehen.

Deep Space, die Startrampe der Endavour, lag außerhalb der Stadt. Die Gegend war karg und kaum besiedelt, was eine merkwürdige Stimmung bei Klara hervorrief. Sie war zwar nicht nervös, hatte aber in den letzten Minuten ein mulmiges Gefühl in ihrer Magengegend bekommen. Ein Kakteenhain flog auf ihrer Fensterseite vorbei. Wie schön das doch alles ist, wie lange werden wir wohl keine natürliche Umgebung mehr sehen? Hoffentlich geht alles gut, noch besser wäre es, wenn das alles sehr schnell vorbeigehen würde. Auf sie war die Wahl Zaistrons gefallen. Lag es an den guten Beziehungen, die sie auch durch ihren Vater hatte, oder lag es an ihren fachlichen Qualifikationen? Wie dem auch sei, sie stand kurz vor einer langen Reise, gefüllt mit einer großen Portion Ungewissheit. Eine Reise, die tödlich enden, die aber auch zu großem Ruhm führen könnte. Aber zu welchem Preis? Sie würde es bald erfahren, dachte sie, es kommt so, wie es kommen sollte.

Das Gate von Deep Space war streng bewacht. Personalien wurden gecheckt, das Shuttle geprüft und zur Überraschung aller wurde in einem kleinen Nebenraum des Wärters die Netzhautprüfung durchgeführt. Dies diente zur Identifikation der Person. Das Resultat wurde mit den Daten verglichen, die Zaistrons Büro vorab per E-Mail gesendet hatte. Nur Klaras Vater wurde nicht weiter kontrolliert. Er war ja nicht nur sehr bekannt, sondern ging an diesen Orten sowieso ein und aus. Seltsame Überprüfung, dachte Boris. Die Menschheit steht vor ihrer größten Herausforderung und die haben nichts Besseres zu tun, als bürokratische Kontrollen durchzuführen. Was für ein Schwachsinn! Er war kurz davor, etwas zu sagen, als Montgommery sich einschaltete und die Kontrolle mit der Bemerkung abkürzte: „Jetzt ist es aber gut, ich bürge für diese Leute und die Kinder. Wir haben es eilig!"

Eine überdimensionale Startrampe tauchte kurz nach der Weiterfahrt in ihrem Blickfeld auf. Die Endavour ging zwischen den großen Startstützen fast unter. Man musste schon genauer hinschauen, um das Schiff zu erspähen. Weißer Rauch dampfte aus vier großen Düsen, ein Zeichen, dass die Endavour nach Ankunft ihrer letzten Fluggäste sofort auf die Reise gehen konnte. Mit einer Gesamtlänge von nur 25 Metern war die Endavour ein eher kleines Raumschiff. Sie war auch schon in die

Jahre gekommen und resultierte noch aus der Zeit, als die Internationale Raumstation ISS gebaut wurde. Sie glich den Vorgängern Discovery und Challenger in Größe und Form erheblich. Der wesentliche Unterschied bestand in der Antriebstechnik. Wie bei der Expansion hatte man sich nach langen Diskussionen auf einen atomaren Antrieb geeinigt. Auch wenn das Strahlungsrisiko bei einem eventuellen Absturz natürlich erheblich größer war als bei den anderen Antrieben. Eine Kostenanalyse hatte schließlich den Ausschlag für diese Technik gegeben. Man sparte bis zu 70 % der Kosten und diese Antriebstechnik hatte zusätzlich den Vorteil, dass man längere Flüge unternehmen konnte, ohne aufwendig aufzutanken. Früher musste Wasserstoff und Sauerstoff ins All transportiert werden, um die Mobilität der Raumflotte aufrecht zu erhalten. Aber das gehörte nun der Vergangenheit an. 100 Meter von der Startrampe entfernt kam das Shuttle zum Halt.

Rechts neben dem Shuttle war eine hübsche Frau auf dem Weg zur Rampe. Das muss den Beschreibungen Zaistrons nach Antonie Russel sein, dachte Klara, als sie die zierliche Frau mit leichtem Gepäck wahrnahm. Kein Wunder, dass Zaistron so von ihr geschwärmt hatte. Die Waffen einer Frau hatten sich bei Antonie wohl heimisch gefühlt, denn so etwas sah man nicht alle Tage.
Boris war als Erster ausgestiegen und durchkämmte mit seinen Augen die Umgebung. Er war auf der Hut, das musste man ihm lassen. Zwei Männer eilten auf das Shuttle zu, um das letzte Gepäck zur Endavour zu bringen. Beim Anblick von Montgommery standen sie so-

fort stramm. „Meine Herren“, grüßte er, „stehen Sie bequem, wir wollen in Anbetracht der wenig zur Verfügung stehenden Zeit auf diese Rituale verzichten! Bitte nehmen Sie das Gepäck und bringen Sie es an Bord.“

„Jawohl, Sir!“

Zu Boris gewandt sagte Montgommery: „Boris, bitte passen Sie gut auf meine Tochter und auf sich auf! Sie wissen, Sie ist mein ein und alles und die Kinder haben nur noch Klara.“

„Ja, ich kenne die Geschichte mit ihrem verstorbenen Mann. Ich werde alles daran setzen, sie sicher wieder nach Hause zu bringen, dafür bürge ich mit meinem eigenen Leben, Sir.“

„Klara, pass auf dich auf! Ich hoffe, dich bald wieder lebendig und unversehrt in meine Arme schließen zu können.“

„Ja Vater, ich hoffe sehr, dass wir uns bald wiedersehen werden, auch wenn es sicherlich Jahre dauern wird.“ Klara drehte sich zu ihren Kindern.

Nick staunte nicht schlecht, als er zum ersten Mal in seinem Leben ein Raumschiff von nächster Nähe sah. Amy nahm die ganze Sache etwas wehmütiger als Nick, sie war eben nicht so Technik verliebt. Ihr bereitete der Abschied sichtlich mehr Mühe. Klara nahm beide Kinder in die Arme und küsste sie innig. „Bitte benehmt euch anständig und hört auf Oma und Opa. Beide wollen nur das Beste für euch. Denkt daran, dass die Sicherheitsbeamten, die euch schützen werden, nur um euch besorgt sind. Hört auf sie, wenn sie euch anweisen, bestimmte Dinge zu tun oder zu beachten. Ich möchte keine Klagen hören! Jeden Abend werden wir miteinander sprechen. Mails könnt ihr über Opas Rechner senden, er wird euch zeigen, wie das geht. Ich habe euch beide sehr lieb und werde gedanklich immer bei euch sein. Ich schließe euch in meine Gebete ein und hoffe, dass es euch gut ergehen wird – macht es gut, ihr beiden." Noch mal drückte sie die beiden ganz fest.

Als Antonie die Rampe erreichte, blieb sie stehen. Aufmerksam beobachtete sie die kleine Gruppe und die kurze Abschiedszeremonie. Sie kannte Klara, Boris und Mr. Montgommery nur von Fotos und dem kurzen Briefing von Zaistron. Klara war nicht ganz so attraktiv wie sie, aber als Mutter versprühte sie den typischen Charme der Weiblichkeit, den Männer unbewusst wahrnehmen, wenn sie damit konfrontiert werden. Dass sie attraktiver war als Klara, war einer der Gründe für Zaistron Antonie mit auf diese Mission zu schicken. Sie hatte u. a. die Aufgabe, Klara von möglichen Annäherungsversuchen der männlichen Crew-Mitglieder zu schützen, damit sie sich voll auf die anstehenden Aufgaben konzentrieren konnte. Klara wusste von diesen Überlegungen Zaistrons ebenso wenig wie über die Tatsache, dass Antonie die Order hatte, Klara zu überwachen. Es war vereinbart, dass Antonie regelmäßig über einen abhörsicheren Kanal Bericht zu erstatten hatte, wie sich die Mission entwickelte, welche Probleme akut waren und was sich insgesamt so an Meinungen und Stimmungen an Bord der Expansion zutrug. Antonie schmunzelte bei dem Gedanken, dass sie die heimliche Chefin dieses Kommandos war.

Sie hatte alles in der Hand, denn sie wusste über alles und jeden Bescheid.

Über Nacht hatte sie sich in alle Lebensläufe eingelesen, die Stärken und Schwächen der Crew studiert. Sie hatte Informationen über die Familien erhalten, kannte deren Hobbys, Vorlieben, heimliche Liebschaften und wusste über Neigungen gewisser Mitglieder zu Alkohol und zu soften Drogen. Der CIA überließ wirklich nichts dem Zufall, wenn es darum ging, Menschen auszuspionieren. Antonie wusste mehr als ihr lieb war und sie musste mit den Informationen gezielt und vertrauensvoll umgehen. Genauso gut konnte ihr Wissen zur Gefahr werden, wenn man sie durchschaute, bevor die Mission erfüllt war. Ihre Karriere war eng mit dem Erfolg dieser Reise verknüpft. Sie konnte es sehr weit bringen, politisch wie auch militärisch, doch nur, wenn es ihr gelang, den wahren Grund ihrer Anwesenheit zu verbergen. Sollte ihr Job gelingen, bedeutete dies, dass ihr Einfluss und Macht zuteil werden würden. Das wollte sie nutzen und für ihren Karrieresprung zum richtigen Zeitpunkt einsetzen.

Sie hatte sich vorgenommen, der erste weibliche Präsident der USA zu werden. Dieses Ziel wurde durch diese Reise in greifbare Nähe gerückt, auch wenn die Mission einige Jahre dauern würde. Ihr Name würde berühmt und sie wäre danach für die Männer der großen Politik nicht mehr ignorierbar. Man würde, nein man müsste sie berücksichtigen, wenn die Kandidatenauswahl anstand. Boris hatte das Trionenschwert gezogen und lief mit Klara auf die Rampe zu. Was für ein Mann, dachte Antonie, warum habe ich den nicht schon früher kennengelernt! Über ihn hatte Zaistron wenig erzählt und an Informationen bereitgestellt. Sie hatte nur erfahren, dass er ein enger Freund Zaistrons und gleichzeitig sein innigster Vertrauter war. Ihn musste sie für sich gewinnen, soviel war ihr schon klar. Als persönlicher Sicherheitsbewacher von Klara würde er vieles mitbekommen, was für sie wiederum sehr wichtig oder nützlich sein könnte.

Ohne Zwischenfall erreichten die beiden und Antonie die Eingangsluke zur Endavour. Die Luke wurde von innen geöffnet und sie betraten nacheinander das Raumschiff. Bordingenieur Bogart begrüßte alle mit einem knappen „Hey zusammen, willkommen an Bord!“, schloss die Luke hermetisch ab und verschwand auch schon im Nebenraum, um sich auf den Liegesessel zu werfen. Die Begrüßung mit Antonie weckte ein unbehagliches Gefühl in Klara. Sie witterte eine ausgehende Gefahr von dieser hübschen Frau. Antonie hatte Klara begrüßt, als ob sie sich schon kennen würden. Wahrscheinlich hatte Zaistron wieder mal sein loses Mundwerk nicht halten können und viele Details über Klara erzählt, die sie gerne für sich behalten hätte. Boris wurde von Antonie normal begrüßt, was auch zu Zaistron passte. War Boris doch Zaistrons Vertrauter und er war sicher nicht daran interessiert, zu viel über sich selbst preiszugeben. Noch hatte Klara keine Ahnung über die ganzen Machenschaften, die man hinter ihrem Rücken verabredet hatte. Nur eins nahm sich Klara sofort vor:

Sie wollte sich in acht nehmen und sehr – sehr wachsam sein, wenn es um Antonie und deren Aufgaben bei dieser Mission ging.

Kommandant Bob Simson, ein alter Haudegen unter den Raumpiloten und Kommandant der Endavour, begrüßte Klara herzlich. „Schön, dass sie an Bord sind. Guten Tag Boris, lange nicht gesehen!“

„Grüß dich, Bob, wie geht's dir und was macht deine Familie?“

„Geht gut soweit, wollte eigentlich schon bei ihnen sein, doch dann kam der Befehl, euch da raus zu bringen. Wollte ich mir natürlich nicht entgehen lassen. Du kennst ja meine Leidenschaft – fliegen steht für mich über allem. Die Kinder können die paar Tage noch warten. Muss eh bald in Pension, bin laut Kommandantur zu alt für diesen Kram. Na ja, wenn die meinen. Hauptsache ist, dass meine Rente hoch genug ist, um mein Flugzeug zu betanken und zu warten!“

„Du hast dich wirklich nicht verändert Bob. Immer noch der Hansdampf in allen Gassen!“

„Warum sollte ich, bin doch bisher immer gut damit gefahren! Ich möchte Euch noch Tim Bogart vorstellen. Erster Offizier der Endavour. Tim wird den Start koordinieren“, sagte Bob. „Übrigens, wir sind startbereit. Setzt euch in die Liegesessel in der zweiten Etage. Schnallt euch an und klappt die Lehnen anschließend seitwärts neben euch. Die Helme haben ein dunkles Visier. Das schützt vor der grellen Sonne. Ihr könnt euch ohne Probleme unterhalten. Alle Helme verfügen über Kopfhörer und Mikrofon. Sobald wir die Erdanzie-

hung überwunden haben, das wird so zwei Minuten nach dem Start sein, wird das Schiff eine leichte Neigung nach vorne bekommen. Etwa fünf Minuten nach dem Start haben wir eine wunderbare Sicht auf die Erde und ihr könnt die Sessel in die senkrechte Position stellen. Abschnallen dürft ihr euch erst, wenn ich die Erlaubnis dazu erteilt habe. Bei der Startphase möchte ich euch bitten, keine langen Gespräche zu führen. Wir müssen auf die Antriebe hören und permanent die Systeme checken.
Der Vogel hier ist in die Jahre gekommen und für so manch Überraschung zu haben. Kein Grund zur Besorgnis, aber sicher ist sicher. Noch Fragen?"

Als niemand etwas erwiderte, stapfte Bob hinaus. Klara wunderte sich über die lockere Art von Bob. Sie liebte es, wenn Menschen klar und aufrichtig zur Sache gingen. Bob war einer von diesen Typen, denen man nichts vormachen konnte und der sein Handwerk offensichtlich beherrschte, ohne dabei ignorant oder dreimal klug zu wirken. Schade, dass Bob vergeben war, dachte Klara, er war ein Typ nach ihrem Geschmack. Die Kinder würden ihn mögen. Hoppla, was denke ich denn jetzt, kaum auf der Reise und schon fangen solche Gedanken an. Muss wohl mit dieser extremen Situation zusammenhängen ... Heute Morgen hatte sie unaufhörlich an Jack gedacht und nun machten sich solche Gedanken breit.

Die Endavour bestand aus drei Ebenen. Im unteren Bereich befand sich der Stauraum. Eine Etage darüber waren ihre Sessel und in der obersten Etage waren die

Steuerungseinheit und die Kommandozentrale des Schiffs untergebracht. Wie bei allen Raumschiffen bestand die Spitze des Schiffs aus einer 180° großen Kuppelscheibe. Auf diese Weise konnte man einen fantastischen Ausblick genießen. Nach oben, unten, rechts und links man hatte alles im Blick. Bob setzte sich in seinen Kommandosessel, zog den Helm auf und schnallte sich an. Vor ihm breitete sich ein Meer an Knöpfen, Schaltern, Hebeln und Bildschirmen aus. Ein etwas größerer Knopf in der Mitte war beschriftet mit „Power". Daneben war ein kleinerer Knopf mit der Aufschrift „Turbostream". Er betätigte nacheinander beide Knöpfe. „Meine Damen und Herren, sind sie auf ihren Positionen? Wir starten!"

Jeder Einzelne meldete sich: „Ja, bereit". Die Maschinen heulten auf. Das Schiff fing sofort an, leicht zu beben. Dann folgte ein starkes Zittern, was das Schiff richtig beben ließ. Klara konzentrierte sich auf sich und schloss die Augen. Die Erschütterungen brachten die Sessel zum Wackeln. Das Dröhnen wurde immer lauter. Die Vibrationen glichen einer Massage, dachte Klara. Gut, dass sie angeschnallt war. Sie wäre sonst sicherlich vom Sessel geflogen. Ein Ruck zuckte durch das Schiff, als es sich langsam von der Erde erhob. Als Klara die Augen öffnete, sah sie die seitlichen Bügel, die das Schiff gehalten hatten, zur Seite wegklappen. Sie waren gestartet, sie waren unterwegs! Welch ein Gefühl!

Schnell verschwand die Startrampe, sie sah am Horizont die Hochhäuser von Michigan, die schnell kleiner wurden und nach unten abtauchten. Sie erkannte die Wölbung der Erde, die sogenannte Erdkrümmung und staunte nicht schlecht, wie schnell sie nun an Höhe gewannen. Die Sonne schien grell durch die Scheibe und sie drehte ihren Kopf nach vorne. Sie schloss die Augen und merkte, wie die Schwerkraft der Erde langsam nachließ.

Der Druck auf ihren Körper war nicht mehr so groß und sie konnte wieder normal atmen. Plötzlich wurde ihr bewusst, dass sie fast eine Minute keine Luft geholt hatte, und genoss nun die wohltuende Luft in ihren Lungen. Es war nicht ihr erster Flug, sie war schon einige Male zu Testzwecken für mehrere Stunden in die Schwerelosigkeit gestartet. Schon jedes Mal hatte sie unbewusst den Atem angehalten. Warum, konnte sie sich nicht erklären. Vielleicht ein unbewusstes Ritual. Soll es mir einfach Glück bringen, dachte sie. Wie angekündigt senkte sich das Raumschiff nun langsam nach vorne. Ihre Füße senkten sich mit dem vorderen Teil des Sessels ganz allmählich auf den Boden. „So, ihr habt es gleich geschafft“, ertönte die Stimme von Bob. „Noch ein, zwei Minuten und ihr könnt euch abschnallen und zum gemütlichen Teil der Reise übergehen. Ich sag euch Bescheid, wenn es soweit ist!“ Der Smog der Hemisphäre verschwand nach kurzer Zeit. Klara konnte am Fenster das tiefer werdende Blau erkennen, ein Zeichen, dass der Abstand zur Erde schnell größer wurde. Die Neigung des Raumschiffes veränderte sich langsam weiter Richtung Normalzustand. Bob korrigierte die letzten Neigungsgrade und gab das Signal zum Abschnallen. Auf beiden Etagen klickte es fast gleichzeitig, als alle Besatzungsmitglieder die Gurte lösten. Boris stand auf und ging eine Etage höher auf die Kommandoebene. „Hallo Bob, das war ein mustergültiger Start, den ihr da hingelegt habt. Gratuliere!“

„Lass die Kirche im Dorf, Boris, das war unser Standardprogramm. Wir hatten gutes Wetter und sehr gute Voraussetzungen für den Start. Das Schiff wurde vorher zweimal gecheckt. Alle nicht nötigen Bordcomputer wurden abgekoppelt, sodass wir nicht mit unnötigen Datenfluten konfrontiert wurden und diese zeitaufwendig prüfen mussten, bevor es losging. Du siehst, alles halb so wild!“

„Ja, ich verstehe. Dennoch, mein Kompliment!“

„Boris, wie geht's dir denn. Wie ist es dir seit unserem letzten Zusammentreffen so ergangen?“

„Du kennst mein derzeitiges Betätigungsfeld. Ich arbeite immer noch für Zaistron. Ihm verdanke ich auch die Reise auf der Endavour und die folgende Mission auf der Expansion. Aber damit möchte ich Dich nicht langweilen. Ansonsten gibt es nicht viel Neues. Bin immer noch solo, habe keine feste Lebensgefährtin, gehe aber hin und wieder mit meiner besten Freundin Sarah auf Tour. Manchmal fahren wir am Wochenende zusammen weg oder gehen ins Kino, selten auch ins Theater.“

Klara machte sich auf den Weg zur Kommandozentrale. Sie bemerkte, wie Antonie jeden ihrer Schritte beobachtete, ließ sich jedoch nichts anmerken. Mit der Zeit würde sie schon noch dahinter kommen, welches „Ei“ Zaistron ihr da ins Nest gelegt hatte. Als Klara draußen war, ging Antonie zu dem Sessel, auf dem Klara seit dem Start gesessen hatte, und fuhr langsam mit ihrer Handfläche über die Sesseloberfläche. Sie wollte herausfinden, ob sie beim Start nervös gewesen war. Der Sessel war trocken, keine Anzeichen von Schwitzwasser. Na ja, Nerven scheint sie zu haben, dachte Antonie.

Als Klara oben ankam, stand Boris am Fenster und schaute auf die Erde zurück, die langsam kleiner und kleiner wurde. Bald würde man sie komplett aus dem Fenster sehen können. „Hhm hhm“, räusperte sich Klara, bevor sie eintrat. Boris drehte sich zu ihr um und betrachtete Klara zum ersten Mal ohne Hektik und Aufregung. Er fand Gefallen an ihr, sie hatte es ihm durch ihre souveräne Art schon auf der Fahrt zu Zaistron angetan. Auch Klara musterte Boris aufmerksam. Es entging ihr nicht, wie seine Blicke sie von oben bis unten trafen, und zu ihrer Überraschung war es ihr nicht unangenehm. Im Gegenteil: Sie genoss es. Auch Boris bemerkte Klaras wandernde Blicke. Als sich ihre Blicke schließlich trafen, empfanden beide eine tiefe Wärme und Geborgenheit in den Augen des anderen. Beide mussten schmunzeln. Bob wusste sofort, was hier gerade geschehen war.

„Hallo Klara, willst du dich nicht zu uns gesellen und den wunderbaren Blick auf die Erde genießen? Es wird wohl eine längere Zeit vergehen, bis ihr wieder Gelegenheit dazu bekommen werdet!“

„Ja, sehr gerne, Bob, und dann wollte ich dich, Boris, fragen, ob ich dich mal kurz unter vier Augen sprechen könnte.“

„Na klar, dafür bin ich doch mitgekommen."

„Bob, wo können wir uns ungestört unterhalten?"

„Am besten im Frachtraum, es ist zwar stockdunkel dort, weil es keine Fenster gibt, aber dafür könnt ihr ungestört sein. Ich sage Bogart, dass er euch hinunterführen und für Licht sorgen soll."

„Nur keine Umstände, Bob, den Lichtschalter finden wir schon alleine", antwortete Boris.

„Bob", fuhr Klara fort, „ich habe eine Bitte. Könntest du dich ein bisschen mit Antonie unterhalten, sie in ein Gespräch verwickeln. Mir ist wohler bei dem Gedanken, wenn wir keine unerwünschten Zuhörer hätten."

„Geht klar, mir wird schon was einfallen, um sie kräftig abzulenken."

Bob ging direkt eine Etage tiefer und schob sich so durch die Tür, dass Klara und Boris hinter seinem Rücken unbemerkt nach unten gehen konnten. Die Schwerelosigkeit war so stark, dass sie lautlos dahin gleiten konnten, ohne dass man auftreten musste. Tim Bogart war vorausgegangen und hatte bereits die Lichter eingeschaltet. Unten angekommen schloss Klara die Tür und kam sofort zur Sache. „Boris, ich wusste nichts von Zaistrons Plan, Antonie mitzunehmen, es war ein Befehl heute Morgen."

„Und?"

„Mir gefällt ihre Art nicht und sie beobachtet mich unentwegt."

„Vielleicht ist sie lesbisch und scharf auf dich!"

„Boris lass den Quatsch, ich meine es wirklich ernst!"

„O.k., o.k., sollte ein Scherz sein. Wollte dich zum Lachen bringen, tut mir leid. Was sollen wir deiner Meinung nach tun?“

„Weiß ich auch noch nicht, wir sollten sie auf keinen Fall unterschätzen und stets wachsam sein! Ich möchte ehrlich zu dir sein und wünsche mir, dass du mir gegenüber auch so eingestellt bist. Auch möchte ich nicht, dass du Zaistron über meine Gedanken um Antonie informierst. Ich weiß nicht, wie er diesbezüglich reagieren würde und ich möchte Ruhe auf der Mission.“ Boris betrachtete Klara und empfand zum ersten Mal so etwas wie Zuneigung zu ihr. Spontan ging er einen Schritt auf sie zu und nahm sie in den Arm. Klara wehrte sich zu ihrer eigenen Überraschung überhaupt nicht. Er drückte ihr einen sanften Kuss auf die Wange und sprach leise in ihr Ohr: „Klara, ich bin hier, um dich zu beschützen. Dein Wohlergehen ist wichtig für unsere Mission. Ich werde mit niemanden über irgendetwas reden, bevor wir beide uns nicht darauf verständigt haben. Du bist der Boss! Und was Zaistron bei dieser Aktion mit Antonie wirklich beabsichtigt hat, werde ich herausfinden. Weißt du, auch ich möchte gesund wieder auf die Erde zurückkehren und ich werde es nicht zulassen, dass sich irgendjemand hinter unserem Rücken mit Dingen beschäftigt, vielleicht sogar unsere Mission gefährdet, von denen wir nichts wissen sollen. Für Zaistron werde ich nach unserer Rückkehr sowieso nicht mehr arbeiten. Er weiß dies nur noch nicht.“

Klara schaute Boris in die Augen und nun war sie es, die den ersten Schritt machte, und ihn in den Arm nahm.

Sie schaute ihm tiefer in die Augen und küsste Boris auf den Mund. Er war nicht abgeneigt und erwiderte ihren Kuss. Instinktiv berührten sich plötzlich ihre Zungen und sie fingen an, sich wild zu küssen. Klaras Herz pochte, als sie spürte, wie ihre Erregung durch ihren Körper lief. Sie hatte sich bereits in dem ersten Moment, bei der Ankunft von Boris bei ihnen zu Hause, in Boris verliebt. Sie konnte es nicht fassen. Nie hatte sie nach Jacks Verschwinden einen anderen Mann begehrt. Das schien nun vorbei und sie genoss es sichtlich. Boris bemerkte Klaras Empfindungen und bremste behutsam das Liebesspiel, bevor sich im Frachtraum noch weitere Liebesszenen abspielen konnten.

Nach einer Weile des Schweigens sammelte sich Klara und schaute sich im Frachtraum um. Überall standen silberne Kisten mit der Aufschrift ‚Top Secret'. „Weißt du, was hier transportiert wird?", fragte sie.

„Nein, das lässt sich doch wohl herausfinden. Fragen wir Bob danach. Klara, ich finde dich attraktiv, du gefällst mir. So etwas wie eben ist mir nach so einer kurzen Zeit noch nie passiert. Nicht, dass du einen falschen Eindruck von mir bekommst. Und es hat mit sehr gut gefallen. Dennoch sollten wir dies nicht öffentlich zeigen. Wir wissen nicht, wie andere Bordmitglieder darauf reagieren! Einverstanden?"

„Ja, Boris, vollkommen. Lass uns wieder nach oben gehen, besser gesagt schweben, aber leise!" Sie waren noch nicht an der Tür angekommen, als sie Geräusche wahrnahmen, die aus den Kisten kamen.

Ein leises Scharren war zu hören. „Offensichtlich sind wir nicht die einzigen Lebewesen an Bord. So wie sich das anhört, hatten wir bei unserem Kuss Zaungäste, mal sehen, was Bob dazu zu sagen hat", meinte Boris. Auf dem Weg nach oben hörten sie die Stimmen von Bob und Antonie, die sich beide angeregt unterhielten. Beide waren mit dem Rücken zur Tür gewandt, als Klara und Boris vorbeihuschten. Im Kommandoraum war Humphrey gerade damit beschäftigt, leichte Kurskorrekturen durchzuführen. Er bemerkte die beiden und winkte sie nach vorne. „Schaut mal raus, die Erde ist nur noch ein kleiner Fleck im Universum, aber immer blau schimmernd und schön anzusehen! Unser Planet wird zwar langsam zu einer großen Müllhalde, durch die Vielzahl der Menschen die ihn bewohnen und ausbeuten, aber von hier oben wirkt die Erde total gesund und friedlich."

„Da hast du recht", unterbrach ihn Klara, „mal sehen wie die fremden Kreaturen auf diesen Müll reagieren."

Bob gesellte sich zu ihnen und Humphrey murmelte etwas von der dritten Etage und verschwand. „Eigenartig, diese Antonie, bei unserer gesamten Unterhaltung hatte ich das Gefühl, dass sich ihre Blicke durch mich hindurchbohrten. Sie ist geheimnisvoll und sie scheint etwas zu verbergen. Sie gibt so wenig von sich preis und wählt ihre Worte zu durchdacht. Klara, ich kenne sie zwar nicht, habe aber von ihrer Mission vor ihrem Aufbruch erfahren. Ich weiß, dass Antonie für die psychologische Betreuung verantwortlich ist, darin liegt jedoch die eigentliche Gefahr. Sie sieht als Frau einfach zu gut aus. Einige Männer werden ihrem Charme auf Dauer nicht widerstehen können. Somit wird sie, wenn sie es beabsichtigt, schnell Verbündete gewinnen. Dies kann für die gesamte Mission gefährlich werden, sollte sich daraus eine Opposition entwickeln. Passt gut auf euch auf und, vor allem, hütet euch vor dieser Antonie. Sie ist gefährlich und kann auch für eich gefährlich werden! Eigentlich geht mich das ja alles nichts weiter an. Aber derartige Schachzüge verärgern mich immer wieder!"

Die letzten Worte hatte Bob in einem Flüsterton gesprochen, denn Antonie betrat das Deck. Klara schaute weiter aus der großen Frontscheibe, als Boris die Konversation übernahm.

„Antonie, wo hast du Zaistron kennengelernt?"

„Im Korea-Krieg, ich war eingeteilt, die psychisch stark mitgenommenen GIs zu betreuen. Ich sollte den Soldaten die Ängste mildern, Mut zusprechen und ein Stück Hoffnung mit auf den Weg geben. Viele von ihnen litten unter schweren Schock- und Angstzuständen. Viele mussten die grausamen Verletzungen ihrer Kameraden notdürftig versorgen, verstümmelte Körper begraben oder die letzten Augenblicke ihrer Kameraden erleben. Sie mussten lernen, wie man Verletzte zurückließ weil dauerhafter Beschusses eine Bergung und Versorgung der Verletzten nicht möglich machte. Es waren seelische Qualen unter denen auch heute noch viele Soldaten leiden. Auch mir fehlten oft die Worte, um das dort Erlebte zu beschreiben.

Erwachsene, hart gesottene Männer weinten erbärmlich und untröstlich, schrien nach ihren Müttern, Ehefrauen und Kindern. Es war einfach nur grausam."

„Warum sind sie bei unserer Mission dabei? Erwartet Zaistron ein ähnliches Szenario wie in Korea? Welchen Auftrag haben sie von Zaistron erhalten?"

„Das sagte ich bereits, dem ist nichts hinzuzufügen!"

Klara sah immer noch aus dem großen Fenster hinaus. Sie hatte aufmerksam zugehört und verzog keine Miene. Draußen wurde es immer dunkler. Nur der Mond und sein abfallendes Licht erleuchteten die Umgebung und er wurde zusehends größer. Er strahlte eine gewisse Ruhe aus. Bald würden sie den Planeten und die Raumstation des Mondes passieren. Sie dachte an die Anfänge der Raumfahrt, an die Apollo-Missionen und die vielen Astronauten, die bei den Anfängen der Raumfahrt ihr Leben im Dienste der Wissenschaft verloren hatten. Sie dachte über Antonies Antwort nach. Was hätte sie denn auch sagen sollen, ohne sich selbst zu verraten. Wenn sie neben der psychologischen eine andere Aufgabe hätte, wäre es idiotisch gewesen, darüber auch nur ein Wort zu verlieren. Aber durch die Art und Weise wie Boris ihr die Fragen gestellt hatte, musste ihr unmissverständlich klar geworden sein, dass Boris, Bob und Klara tiefes Misstrauen ihr gegenüber empfanden. Diese Tatsache gefiel Klara, denn es hielt Antonie ein wenig in Schach.

Auf dem Bildschirm des Kommandanten blinkte es. Zaistron meldete sich, als das System das Bild der Erde empfing. „Hallo Endavour, von unten sah euer Start traumhaft aus. Alles okay bei euch?“

Bob antwortete ohne Zögern: „Ja Sir! Alles O.k.! Wir sind auf Kurs zum Mars und werden dort in ca. 24 Stunden ankommen.“

„Das klingt gut. Kann ich mit Klara sprechen?“

„Ich bin hier, Zaistron. Gibt es etwas Neues von unseren Unbekannten?“

„Nein, bisher nicht. Wir konnten deswegen auch noch keine präzise Ortung durchführen. Aber wir konnten die Herkunft der letzten Meldung geografisch eingrenzen. Wir vermuten den Delta-Quadranten als Ursprung. Das Problem ist nur, dass der Weg dorthin mehr als sechs Monate dauern wird. Dann kommt noch die Phase des Suchens, sollten wir keine neue Signale erhalten, die wir genauer bestimmen können.“

„Das klingt doch für den Anfang gar nicht schlecht – im Gegenteil, die Entfernung hätte viel größer sein können. Diese Nachricht stimmt mich zuversichtlich, Zaistron!“

„Siehst du, Klara, deswegen hast du das Kommando dieser Mission übertragen bekommen. Positives Denken und deinen Optimismus, dass schätze ich so an dir!“

Antonie verzog leicht ihre Mundwinkel. Boris merkte sofort, dass ihr die Aussage missfiel. Wieder fand sich ein Puzzlestück ihrer eigentlichen Aufgabe. Zaistron spielt ein fieses Spiel, aber ohne mich sinnierte Boris. „Zaistron, hast du etwas von meinem Vater gehört? Was machen die Kinder?“

„Sie sind alle wohlbehalten zuhause angekommen. Er hat sich vorhin von dort gemeldet."

„Das beruhigt mich! Hattet ihr nochmals Kontakt mit Drohnen?"

„Nicht direkt. Vor deinem Haus wurden nochmals welche gemeldet. Als unsere Patrouille dort ankam, konnten keine Drohnen mehr entdeckt werden."

„Wie gehen die Vorbereitungen auf der Expansion voran?", fuhr Klara fort.

„Wir haben die Meldung erhalten, dass sie startbereit ist. Die Mannschaft wird fast zeitgleich mit euch auf dem Mars landen. Morgen um diese Zeit werdet ihr euch auf den Weg machen können!"

„O.k., somit läuft alles nach Plan."

Boris schaltete sich in das Gespräch ein: „Hallo Zaistron, alter Gauner. Du hast viel Mut bewiesen, als du Antonie für die Mission eingeteilt hast!"

„Wie soll ich das verstehen, du sprichst in Rätseln. Und überhaupt, was fällt dir ein, dich in diese Angelegenheiten einzumischen?"

„Ganz einfach, Zaistron. Ich bin für die Sicherheit unserer Chefin verantwortlich. Mit Antonie sind doch Probleme vorprogrammiert und das hättest du wissen müssen, oder du hast es bewusst in Kauf genommen. Sie ist viel zu attraktiv für diese Männerwelt und wird aus meiner Sicht mehr damit zu tun haben, sich der Nachfrage zu entziehen, als sich der Aufgabe zu widmen, die du ihr zugedacht hast! Welche Aufgabe hat sie eigentlich? Und erzähl jetzt bitte nichts von diesem psychologischen Quatsch."

„Boris, du vergisst, mit wem du gerade sprichst, zügele dein Temperament und halt dich gefälligst da raus!“

„Das würde ich ja gerne, ich bin aber mittendrin und hier oben fällt das Aussteigen nicht gerade leicht. Also gib mir bitte eine Antwort, mit der ich etwas anfangen kann, sonst garantiere ich für gar nichts!“

Zaistron bebte. Er hatte mit viel gerechnet, nicht jedoch mit einer so heftigen Verbalattacke von Boris und das in einem so frühen Stadium der Mission. Hatte er ihn unterschätzt, falsch eingestuft oder war zwischenzeitlich etwas passiert, mit dem man nicht rechnen konnte? Würde er Boris auf Dauer unter Kontrolle halten können, wenn es hart auf hart zugehen würde? „Zaistron, ich warte! Warum ist Antonie wirklich dabei?“

„Boris entschuldige, aber soeben erhalte ich Nachricht, dass wir wieder Kontakt haben – ich melde mich!“

Klick.

So ein verdammter Scheißkerl, das gibt es doch gar nicht, dass gerade jetzt Kontakt besteht. Ich war so kurz davor, ihn weichzukochen und jetzt das, fuhr es Boris durch den Kopf.

Die Gefährten

Sam dämmerte vor sich hin. Er wusste nicht, wie lange er unter dem Baumstamm gelegen hatte. In der Zwischenzeit war es schon fast vollständig dunkel geworden. Die Nacht schickte ihre Kälteboten voraus. Seine Schmerzen hatten etwas nachgelassen, die Ruhe hatte ihm offenbar gut getan und neue Kraft gespendet. Wie sollte es jetzt weitergehen, in welche Richtung sollte er sich wenden, wo sollte er sich einen Unterschlupf für die Nacht suchen? Vielleicht war es auch sinnvoller, unter diesem Baumstamm die Nacht zu verbringen. Schutz bot der Stamm, aber er fühlte sich aus unerklärlichen Gründen hier nicht sicher genug. Langsam schob er sich unter dem Baumstamm hervor und bürstete vorsichtig das Laub von seinen Kleidern. Die Blätter der hoch gewachsenen Bäume über ihm rauschten sacht im Wind. Ansonsten herrschte absolute Ruhe. Er betrachtete im Dämmerlicht die Bäume. Sie hatten eine ausgeprägte Neigung nach links. Der Wind musste dafür gesorgt haben, dass alle Baumstämme in eine Richtung wiesen. Durch die Bergrücken im Inneren des Waldes fielen starke Fallwinde herab, die dafür sorgten, dass die Bäume mit ihrer abgewandten Seite zu den Bergen wuchsen. So viel war ihm klar geworden. Auch erinnerte er sich wieder an Gespräche, in denen von Berghöhlen, Unterschlüpfen und den Bäumen die Rede war.

Diese Gedanken fanden Sams Gefallen und so entschloss er sich, nach rechts zu gehen. Langsam und vorsichtig lief er einen Weg entlang, der sich gemächlich nach oben schlängelte. In Kürze muss es hier stockdunkel werden, dann muss ich spätestens eine Bleibe für die Nacht gefunden haben, dachte Sam.

Sein Blick fiel auf abgeknickte Halme am Gras des Wegrandes. Ein Zeichen, dass vor nicht langer Zeit jemand hier entlanggelaufen war. Er hoffte inständig, dass dies als gutes Zeichen zu verstehen war. Der Baumbestand war hier nicht mehr ganz so dicht. Dennoch hatten die Bäume so wenig Abstand voneinander, dass kaum Platz für Äste im unteren Bereich der Bäume vorhanden war. Oben war das Blattwerk so dicht, dass selbst ein starker Regen nicht ohne Weiteres die Baumwurzeln erreichte.

Hier musste es schon länger regnen, damit genügend Wasser die Wurzeln der Bäume erreichen konnte. Sam war sich aber ganz sicher, hier würden sich keine Drohnen mehr steuern lassen, dies war einfach unmöglich!
Er folgte dem Weg für fast einen Kilometer und lief gerade um einen großen Baumstamm herum, als er erneut Stimmen wahrnahm. Eine heftige Diskussion war nicht weit von ihm zu hören. Es ging um Sicherheitsregeln, um Verstecke und um die notwendige Bereitschaft, von freiwilligen Helfern bei der Bewältigung verschiedenster Aufgaben. So viel hatte er ungewollt mitbekommen.
„Was glaubst du wohl, warum man die Drohnen in den Wald gesteuert hat? Ich glaube, dass sie nach etwas gesucht haben. Bis heute hatten wir hier relative Ruhe, aber irgendetwas hat die Steuerer dazu veranlasst, den unliebsamen Flug in den Wald durchzuführen. Und überhaupt, ich verstehe nicht, warum plötzlich Drohnen auf Drohnen feuern. Das stinkt doch alles zum Himmel. Wir sollten unbedingt herausfinden, was da los ist! Bist du einverstanden?“

„Ja, aber wo sollen wir anfangen?“, fragte Zippo.

„Im Wald natürlich, wo denn sonst!“, antwortete Felix. „Wenigstens sind keine weiteren Drohnen mehr aufgetaucht. Das hätte böse für uns enden können“, fuhr

Felix fort. Felix war mager, hager, groß gewachsen und hatte rotes Haar. Felix war aus Furcht in den Wald geflüchtet und hielt sich schon mehr als ein Jahr dort auf. Seinen Weggefährten hatte er nach einigen Tagen des Umherirrens kennengelernt. Zippo hatte sein Lager am Rand der Felswand aufgeschlagen und Felix war durch Zufall diesem Bergpfad gefolgt, als sie sich gegen Mittag zum ersten Mal trafen.

Felix und Zippo hatten Sam noch nicht entdeckt. Zippo hatte gerade Luft geholt, um noch etwas hinzuzufügen, als plötzlich ein Ast laut knackte. Sam war bei seinem Versuch sich zurückzuschleichen leicht vom Weg abgekommen und auf einen großen morschen Ast getreten. Er wurde bleich vor Entsetzen und erstarrte sofort wie zu einer Salzsäure. Hoffentlich kommen sie jetzt nicht auf mich zu, durchzuckte es Sam. „Hast du das gehört? Hörte sich an wie ein knackender Ast", fragte Felix.

„Ja, ich habe es auch gehört. Wird wohl wieder eines dieser Viecher sein, die ab Dämmerungsbeginn durch den Wald stöbern. Lass uns weitergehen." Sie setzten sich wieder in Bewegung und sprachen dabei kein Wort mehr.

Sam atmete auf. Sein Herz raste. Wie gerne hätte er sich zu erkennen gegeben. Doch war ihm das Risiko immer noch zu groß. Er hatte sich vorgenommen, erst mal mehr über diese beiden in Erfahrung zu bringen. Dennoch war er froh zu wissen, dass er nicht mehr ganz alleine in diesem Wald umherlief. Nach einer Weile folgte er ihnen mit gehörigem Abstand. Felix und Zippo waren eine Weile gegangen, als Felix sagte: „Zippo, ich glaube wir werden verfolgt. Ich habe seit einiger Zeit so ein komisches Gefühl, als ob wir beobachtet werden."

„Kann sein, lass uns bis zu den Felsen weitergehen. Dort können wir uns verstecken, wir warten dann einige Zeit, um zu sehen, ob du mit deinem Gefühl recht behältst."

Sam lief behutsam, um jegliches Geräusch zu vermeiden. Die Dunkelheit war zwischenzeitlich hereingebrochen und er tat sich schwer, nicht den Weg zu verfehlen. Schemenhaft nahm er vor sich große, dunkle Flecken war. Durch vorsichtiges Abtasten der Oberfläche merkte er, dass es sich um große Felsblöcke handeln musste. Er musste den Fuß der Bergkette erreicht haben. Wo waren die Beiden?, fragte er sich, hier in der Nähe oder schon über alle Berge? Zippo zupfte Felix leicht am Arm und er flüsterte: „Ich glaube, eben ist jemand dort vorne am Felsen angekommen. Siehst du den langen Schatten neben dem linken Fels?"

„Nein ich sehe nichts, ich erkenne gar nichts. Wahrscheinlich hast du bessere Augen als ich!"

Sam überlegte, wie er jetzt weitergehen sollte. Am liebsten hätte er sich ein Feuer gemacht, um sich etwas aufzuwärmen, doch das war einfach zu gefährlich. Er fühlte keine Angst, doch ganz sicher fühlte er sich auch nicht. Langsam ließ er sich auf den Boden niedersinken. Der Fels strahlte noch eine angenehme Restwärme aus, die sich über den warmen Tag hinweg gespeichert hatte. So konnte er einige Stunden verharren, bis er weitergehen wollte. „Siehst du, jetzt ist der Schatten am Fels zusammengesunken. Ich sage dir, da ist jemand. Wer könnte das sein?“

„Zippo, lass uns verschwinden. Wenn das jemand ist, der uns verraten würde, wären wir aufgeschmissen. Komm lass uns gehen!“ Langsam krochen sie von dem Felsvorsprung zurück. Der Nachthimmel im fünften Quadranten war sehr dunkel. Hier gab es keinen Mond, der für Erhellung sorgen könnte.

Sam hatte seit dem knackenden Ast keine Stimmen mehr vernehmen können. Dies lag zum einen an dem großen Abstand, den er zu den beiden gehalten hatte. Zum anderen lag es daran, dass er offensichtlich den Kontakt und deren Spur verloren hatte. Einige Stunden vergingen, ohne dass sich Sam groß bewegte. Der Fels hatte sich zwischenzeitlich seines warmen Inhalts entledigt und es wurde Sam Minute um Minute kälter. Sein Rücken war schon richtig kalt geworden. So entschied er sich, langsam aufzurichten.

Der Weg führte nun richtig steil nach oben und durch enge Felsspalten. Es war so dunkel, dass er sich nur durch Tasten fortbewegen konnte. Seine Schritte wählte er kurz, weil er ein Ausrutschen vermeiden musste, um nicht noch mehr Schmerzen in seinem Knie zu bekommen. So ging es für ihn nur langsam vorwärts. Er war fast schon wieder eine Stunde seit seiner Rast gelaufen, als er einen schwachen Lichtschimmer in der schwarzen Nacht entdeckte. War er am Ziel? Hier mussten sich die beiden verkrochen haben, dachte er. Das Licht wurde stärker. Aus einer Höhle vor ihm drangen Stimmen.

Mehrere Stimmen ertönten in einem heillosen Durcheinander. Offensichtlich war eine wirre Diskussion im Gange. Zwischen dem Stimmengewirr erkannte er die beiden Stimmen der beiden Gestalten wieder, denen er die ganze Zeit über gefolgt war. Vorsichtig und mit voller Konzentration lauschte er dem Durcheinander.

„Wir müssen uns ein neues Versteck suchen", hörte er jemanden sagen. „Wenn uns jemand entdeckt, sind wir alle geliefert!"

„Blödsinn, wenn sich jemand in den Wald begibt, ist er auf der Flucht. Wir sollten zu dieser Person Kontakt aufnehmen", sagte Felix.

„Solange wir nicht wissen, mit wem wir es zu tun haben, sollten wir eher vorsichtig sein. Man weiß ja nie, was sich dieser Onyx wieder ausgedacht hat, um uns zu finden. Wir werden sicherlich alle vermisst!"

Sam hatte genug gehört, er wollte sich gerade umdrehen, um zu verschwinden, als er einen metallischen Gegenstand an seinem Hals wahrnahm. „Keine Bewegung, sonst bist du ein toter Mann! Geh langsam nach vorne Richtung Höhle und versuche keine Dummheiten zu machen, andernfalls murkse ich dich ab."

Felix sprang auf, als er Sam erblickte. Auch Zippo folgte seinem Beispiel und stand sofort auf seinen Beinen. „Wen haben wir denn da? Wenn das nicht ‚unser Astknacker' ist!", sprudelte es aus Felix raus.

Sam hatte sich fürchterlich erschrocken, aber schnell wieder unter Kontrolle. Er wusste, dass er nichts zu verlieren hatte, und nahm sich vor, über sich und seine Person die Wahrheit zu sagen.

„Ja, das mit dem Ast war ich. Ich habe noch keine Orientierung im Wald und mich deswegen entschieden, immer bergauf zu laufen, in der Hoffnung, auf andere Menschen zu treffen, die mein Schicksal teilen." Es folgte eine kurze Pause. Die Männer musterten ihn von Kopf bis Fuß und bemerkten sein blutverschmiertes Bein. „Bist du verletzt? Dein Hosenbein ist rot gefärbt", fuhr Felix fort.

„Ja, eine Drohne hat mich auf der Flucht erwischt. Kurz vor dem Waldrand hat mich eine Drohne eingeholt und gestellt. Ich wäre gestorben, wenn nicht zufälligerweise eine der Drohnen das Feuer auf die anderen zwei Drohnen eröffnet hätte. So wurden die Angreifer zerstört und ich konnte mich in den Wald flüchten. Mein Name ist übrigens Sam. Ich weiß nicht, wie lange ich schon auf diesem Planeten bin. Ich weiß auch nicht, woher ich ursprünglich komme. Ich vermute nur, dass ich verschleppt wurde." Wieder folgte eine Pause des Schweigens. „Du musst den Steuermännern der Drohnen ganz schön was wert sein. Die sind heute sogar in den Wald geflogen. Auch Zippo und ich haben etwas Ähnliches erlebt. Eine Drohne schoss zwei Drohnen ab. Noch nie haben wir so etwas erlebt! Wenn die Drohnen dich gesucht haben, werden sie so schnell nicht aufgeben. Du kannst unmöglich bei uns bleiben. Du gefährdest uns alle!", sagte Felix.

„Verstehe ich, aber vielleicht könnt ihr mit meinem Knie helfen und es verbinden. Das wäre echt schön."

„Warum soll er nicht bei uns bleiben? Offensichtlich wird er ja von einer Drohne beschützt. Das ist für uns doch auch von Nutzen“, entgegnete Zippo. Die Gesichter der Männer verrieten, dass man sich auch in diesem Punkt uneinig sein würde. Sam dachte nach. Was war für ihn geschickter? Alleine weiter auf der Flucht zu sein oder sich in die Geborgenheit einer verschworenen Gemeinschaft einzugliedern. Ein ergrauter älterer Mann meldete sich zu Wort: „Mein Name ist Mike. Ich bin der Älteste in dieser Gruppe. Sam, wie siehst du die Sache?“ Sam ließ sich mit seiner Antwort Zeit. Er wollte sich seine Worte gut überlegen, denn er wollte niemanden gegen sich aufbringen. „Ich kann darauf keine klare Antwort geben. Einerseits freue ich mich darüber, auf Gleichgesinnte getroffen zu sein. Andererseits verstehe ich die Bedenken von euch durchaus. Ich füge mich eurer Entscheidung, wie sie auch ausfallen wird.“

„Das klingt durchdacht, gefällt mir, muss ich wirklich zugeben. Ich wünschte mir, mehr von deiner Sorte bei dieser Gruppe dabei zu haben. Also, aus meiner Sicht kannst du bei uns bleiben.“

„Finde ich auch“, fügte Zippo hinzu. Felix wollte etwas entgegnen, aber nicht wie ein Feigling dastehen. Außerdem hatten die beiden recht.

Alle waren aus den gleichen Gründen aus den Klauen Onyx‘ geflohen. Je größer sie als Gruppe würden, desto einfacher war es, einen gezielten Widerstand zu organisieren. „O.k., ich bin auch dafür. Ihr habt mich überzeugt.“

Sam war erleichtert. So wie es aussah, hatten die anderen keine eigene Meinung und folgten diesen Dreien, wenn diese die gleiche Meinung vertraten. Und so kam es, dass Sam in der Gruppe aufgenommen wurde. Zippo versorgte die Wunde von Sam und Felix holte etwas zu essen. „Heute gibt es gebratene Wildvogelkeule. Du kennst sicher die Riesenvögel. Sie leben auch in diesem Wald und bilden unsere Hauptnahrungsquelle. Sie sind auch leichter zu fangen als die Hirsche, die sich hin und wieder zu uns verirren. Lass es dir schmecken."

Sam fühlte sich seit Langem wieder geborgen und hatte mit Aufnahme in die Gruppe auch wieder Hoffnung bekommen, irgendwann von diesem Planeten fliehen zu können. Da alle ähnliche Ziele hatten, wurde es bestimmt einfacher, gemeinsam aktiv zu werden und erfolgreich Widerstand zu leisten. Das Essen tat gut nach all den Stunden der Enthaltsamkeit. Die Wärme des Getränkes half ebenfalls, langsam wärmte er sich wieder auf.

„Dieser Onyx, hast du ihn mal gesehen?", fragte Mike und fügte gleich noch hinzu: „Und hast du eine Idee, wer dir als Steuerer geholfen haben könnte?"

„Nein, weder noch. Von Onyx habe ich bisher nur gehört. Ich habe nur dunkel in Erinnerung, dass ich tagelang verhört wurde. Man fragte mich nach eigenartigen Dingen, wie nach Antriebstechniken, die ich angeblich mit entwickelt haben soll. Davon weiß ich aber überhaupt nichts. Vielleicht wusste ich mal was davon. Aber man unterzieht alle Neuankömmlinge einer Gehirnwäsche, sodass sich die Wenigsten an etwas aus ihren vorherigen Leben erinnern können. Ich hätte auch nicht gemerkt, dass sie mich behandelt haben, wenn ich nicht zufällig auf meinen Rucksack gestoßen wäre.

Beim Anblick und Durchstöbern dieser Sachen sind mir einige Dinge wieder eingefallen. Leider nicht meine eigentliche Identität. Ich weiß nur, ich will von hier weg. Ich möchte herausfinden, woher ich komme und wie ich dorthin zurückkehren kann. Außerdem ist es mir in den letzten Tagen vor meiner Flucht gelungen, Kontakt mit Leuten aus einer anderen Welt aufzunehmen. Ich konnte mich in ein System einloggen und mich verständlich machen. Leider wurde ich zweimal bei diesen Kontakten gestört und musste mich wieder ausklinken. Aber ich weiß, dass da draußen noch andere Spezies leben. Vielleicht ist das unser Schlüssel zum Erfolg."

Felix rieb sich verwundert seine Augen. Soweit hatte er es nie gebracht. Er wusste auch nicht, wo die Kommunikationsgeräte standen. Er hatte viele Räume ausgekundschaftet, doch so weit war er nicht gekommen.

„Da bist du weit in die Geheimnisse von Onyx vorgedrungen. Kein Wunder, dass er an deiner Gefangennahme interessiert sein muss. Wie lange bist du schon hier?"

„Keinen Schimmer, soweit kann ich mich nicht erinnern. Ich habe vor einiger Zeit mit Meditationsübungen begonnen. Auf diese Weise versuche ich, mit meinem Gedächtnis zu kommunizieren. Die Fortschritte halten sich bisher leider in Grenzen. Aber was nicht ist, kann ja noch werden, ich gebe die Hoffnung nicht auf!"

„Morgen werden wir dir erst mal ein Bett bauen. Auf Dauer ist es nämlich ganz schön unbequem, auf dem Boden zu schlafen.

Sam, wenn du dich so gut in diesem Komplex von Onyx auskennst, solltest du anfangen, alles was du weißt aufzuzeichnen. Dann erhalten alle von uns nach und nach den gleichen Kenntnisstand. Wir werden dann unsererseits alles Wissen hinzufügen. Auf diese Weise sollte es uns doch gelingen, einen relativ guten Überblick über die Struktur und die Anordnung dieser Festung zu erhalten. Was haltet ihr davon?“, fragte Zippo in die Runde. Ein Raunen der Zustimmung dröhnte durch die Höhle.

Sam hatte sich im Inneren der Höhle noch gar nicht weiter umgesehen. Bis jetzt war er zu stark mit den Anwesenden und seinem Essen beschäftigt gewesen. Die Idee von Zippo gefiel ihm. Überhaupt hatte er das Gefühl, dass er sich mit Mike, Zippo und Felix gut verstehen würde. Alles, was sich in den letzten 24 Stunden ereignet hatte, verstand Sam als Wunder und als Wink des Schicksals, dass eine Wende zum Positiven für sie alle im Bereich des Möglichen war. „Hast du eigentlich mal etwas von dieser geheimnisumwobenen Magie gehört?“, fragte Felix an Sam gewandt.

„Von welcher Magie?“

„Es soll eine Magie geben, eine Art Quelle der Macht, die Onyx umgibt und die ihn bisher immer beschützt hat.“

„Nein, habe ich nicht, klingt aber spannend. Was genau weißt du?“, fragte Sam.

„Ich habe gehört, wie sich einige Kreaturen darüber unterhalten haben. Sie haben von einer unerschöpflichen Machtquelle gesprochen und davon, wie sich Onyx der Macht der Quelle bedient. Sie muss irgendwo in dieser Festung sein. Vielleicht sogar im Zentrum, damit keiner ungesehen Zutritt erhält. Außerdem soll die Quelle von einer speziell gezüchteten Brunst behütet werden."

„Darin verbirgt sich eine gewisse Logik. Diese Brunst ist Onyx sicherlich treu ergeben, sodass er sich keine Sorgen um einen etwaigen Missbrauch machen muss. Dann haben wir einiges herauszufinden in den nächsten Wochen. Habt ihr irgendwelche Ideen, wie wir vorgehen könnten?", fragte Sam.

Zippo: „Noch nicht im Detail. Wir haben uns jedoch einige Male mit dem Gedanken auseinandergesetzt, wie wir ungesehen in die Festung und wieder herauskommen können. Aber alle Überlegungen sind an den Sicherheitstüren gescheitert. Alles ist elektronisch überwacht und somit nicht ohne weiteres Aufsehen zu überwinden."

Sam fing an, vor sich hinzumurmeln: „So schwer kann das nicht sein. Wenn es uns gelingt, die Energiequelle auszuschalten, kann die Türüberwachung nicht stattfinden und wir hätten die Chance, uns unerkannt in die Festung zu begeben und dort zu bewegen. Die Energiequelle muss solange unterbrochen werden, bis wir wieder aus der Festung raus sind." Mike schaltete sich in die Unterhaltung ein: „Ganz so einfach wie es sich anhört wird es nicht gehen. Ich weiß, dass die Energiequelle auch nahe des Zentrums liegen muss. Ich habe mal beobachtet, wie einige Kreaturen flüssiges Brennmaterial in die Festung geschafft haben. Ich habe damals gefragt, wohin sie des Weges gehen. Die Antwort war ungewöhnlich offen, da sie sich absolut überlegen fühlten. Man sprach darüber, dass die Quelle ein Ressourcenfresser ist und sie deswegen mehrmals täglich für Nachschub sorgen müssten."

„Weißt du, wo die Kreaturen die Brennmaterialien beschaffen?", fragte Sam.

„Nein, das müssen wir auch herausfinden. Vielleicht finden wir dort eine Schwachstelle, die wir für uns nutzen können. Wir haben also jede Menge zu tun. Ich schlage vor, dass wir drei Gruppen bilden. Eine Gruppe beschäftigt sich mit der Anfertigung einer Übersichtskarte, die zweite versucht Informationen über die Abbaustelle des Brennmaterials zu sammeln, die dritte sollte die nahe Umgebung der Festung inspizieren, um mögliche Wege hinein und hinauszufinden."

Am nächsten Morgen schüttelte und fröstelte es Sam gewaltig. Über Nacht hatte er Fieber bekommen und nun fror und schwitze er, neben dem Feuer sitzend, in eine Decke eingehüllt. Mike kam mit heißem Kaffee zu ihm und drückte ihm einen Becher in die Hand. „Du musst jetzt viel trinken. Felix ist zur Quelle unterwegs und holt frisches Wasser. Zippo sammelt Kräuter für deine Wunde. Mach dir keine Sorgen, wir kriegen dich schon wieder hin. Du kannst froh sein, dass du uns gestern gefunden hast. Alleine hätte das böse ins Auge gehen können." Dankbar trank Sam den starken Kaffee und schwitzte danach noch mehr. Es machte ihm nichts aus, denn er wusste, dass es ihm besser gehen würde als in der Festung, auch wenn dort die medizinische Versorgung besser gewesen wäre.

Nach einer Weile sackte Sam in sich zusammen und fiel in einen tiefen Schlaf. Er träumte von Menschen und Gegenden, die ihm zwar bekannt vorkamen, doch wo ihm eine Zuordnung unmöglich schien. Die Zusammenhänge zu erkennen, blieb ihm vorerst verborgen. In seinem Traum wanderte er durch bizarre Landschaften mit grünen Wiesen, umrahmt von Berghängen. Aus der Ferne drangen die Glockenschläge eines Kirchturms herüber. Interessiert lauschte er dem vertrauten Klang und pfiff beim Wandern laut vor sich hin. Kinder riefen seinen Namen und kamen auf ihn zugerannt. Er wollte sie beim Namen rufen, doch fielen ihm diese nicht ein. So sehr er sich auch anstrengte, es gelang ihm nicht.

Den Kindern machte das nichts aus, sie umkreisten ihn, tanzten um ihn herum und fingen an, mit ihm um die Wette zu laufen. Sam genoss diesen Traum in vollen Zügen.

Er klammerte sich noch an die Geschehnisse, als er langsam aus dem Traum erwachte und in die Wirklichkeit zurückkehrte. Er fühlte sich elendig, total schlapp und trotzdem zuversichtlich. Mühsam versuchte er aufzustehen, fiel jedoch gleich auf sein verletztes Knie und verzerrte sein Gesicht. Zippo kniete sich neben ihm nieder und begann, das verletzte Knie mit grünen klebrigen Blättern vorsichtig abzureiben. Anschließend benetzte er frische Blätter mit einer Flüssigkeit und wickelte die Blätter um Sams Knie. Er zerriss einen Lappen in Streifen, die er nun mit Bedacht über die Blätter als Verband anlegte.

Die aufgelegten Kräuter wirkten zu Sams Überraschung sehr schnell, sie beruhigten die Nerven der Wunde und sorgten für ein leichtes Kribbeln. „Was hast du da für ein Teufelszeug mitgebracht? Es ist erstaunlich, wie gut das zu wirken beginnt.“

Zippo grinste und antwortete: „Ist ein altes Rezept von meiner Großmutter. Sie hat es immer auf meine Knie geschmiert, wenn ich mir mal wieder die Hosenbeine ‚rasiert' hatte. Weiß aber den Namen nicht, war aber sehr erstaunt, diese Pflanze hier zu finden. Jedenfalls hilft es, den Heilprozess zu fördern und desinfiziert die Wunde. Wenn Felix gleich zurück ist, musst du aber viel trinken. Erstens hast du viel Flüssigkeit verloren und zweitens wird es tagsüber in den Bergen sehr heiß. Trink also mehr als normal, dann wirst du bald wieder fit durch die ‚Wälder' flitzen.“

Nachdem Felix mit frischem Quellwasser zurückgekehrt war, trank Sam mehr als einen Liter und schlief kurz danach entspannt ein. Wieder begannen seine Träume, ihn mit Dingen zu konfrontieren, deren Zusammenhänge für ihn so schwer zu deuten waren. Ansammlungen von Menschen tauchten auf, in einem großen Raum, rundum Bildschirme sitzend, verfolgten sie aufgeregt Nachrichten und Ergebnisse ihrer Forschung. Er stand im Mittelpunkt einer kleinen Gruppe, die wild gestikulierend auf ihn einsprach. Die Stimmen waren ihm ebenso vertraut wie diese Gesichter. Alle sprachen durcheinander auf ihn ein, nur antwortete Sam nicht,

sondern hörte nur zu. Als ob er im Begriff war, die Informationen gegeneinander abzuwägen. Sam wollte schließlich in die Diskussion eingreifen und hörte sich etwas sagen, als er geweckt wurde.
Er schaute Mike in die Augen. „Sam, alles klar? Du hast fürchterlich angefangen zu schreien, da musste ich dich wecken. Wir dürfen uns hier oben nur mit aller Vorsicht und Ruhe aufhalten, sonst werden wir entdeckt! Geht's wieder? Du musst ja Fürchterliches erlebt haben, so wie du geschrien hast."

Nach einigen Augenblicken der Verwirrung wusste Sam wieder, wo er war und sagte zu Mike: „Ich weiß nicht, was passiert ist. Ich träume immer andere Träume. Mir kommen die Menschen in den Träumen bekannt vor, doch fallen mir deren Namen nicht ein. Immer wenn ich versuche, sie beim Namen zu nennen, passiert etwas anderes im Traum, was mich davon abhält, oder ich wache plötzlich auf oder ich werde geweckt. Dass ich geschrien habe, habe ich gar nicht mitbekommen. Im Traum war ich nicht in Gefahr, das verstehe ich nicht. Überhaupt, ich verstehe meine Träume sowieso nicht. Die Zusammenhänge werden mir nicht klar. Menschen und Gegenden kommen mir vertraut vor. Doch gelingt es mir nicht, dies in Verbindung mit meiner Person zu bringen."

„Sam", fuhr Mike fort, „wahrscheinlich sind das die Reste, mögliche Erlebnisse aus deinem früheren Leben. Durch die Hirnwäsche wurde vieles deiner eigenen Identität gelöscht. Manches ist offensichtlich erhalten geblieben und das meldet sich jetzt über dein Unterbe-

wusstsein während deiner Träume, um nicht vollends in Vergessenheit zu geraten. Du solltest versuchen, mit deinem Unterbewusstsein zu kommunizieren. So kannst du mehr über dich selbst erfahren und irgendwann findest du vielleicht auf diesem Weg dein eigenes Ich und in dein altes Leben zurück. Du solltest deine Träume als etwas Positives ansehen. Du hast anscheinend eine so starke Persönlichkeit, dass dir die Gehirnwäsche nicht so viel wie uns ausgemacht hat. Wir haben unsere Identität auch noch nicht gefunden.
Leider träumen die meisten von uns auch nicht über ihr wahres Ich. Das ist ein Geschenk für dich, nimm es an und nutzte die Erkenntnisse für deine Ziele!"

Bodenstation Erde

Zaistron starrte auf den Bildschirm. Was war denn das für eine Kreatur? Sie glich den bisherigen nicht im Entferntesten. Doch war die Herkunft der Kontaktaufnahme mit den vorherigen identisch, zumindest ergab dies die Eingrenzung der Signale. Nun hatten alle Mitarbeiter des Stabes bei Zaistron die Aufgabe, eine möglichst präzise Ortung durchzuführen. Um dieses Ziel zu erreichen, musste Zaistron mit dieser Kreatur eine Art Kommunikation aufbauen. Er hatte nur noch keine Idee, wie er das anstellen sollte. Die Funksignale waren klar und verständlich. Es gab keine Sprachverzerrung und man versuchte offenbar nicht, die Herkunft der Nachricht zu verheimlichen. Warum haben diese Kreaturen so ein starkes Bestreben entdeckt zu werden?, dachte

Zaistron. Wir würden uns doch anders verhalten, wenn wir in dieser Position wären, einfach zu komisch.

Zaistron drückte eine Taste des Responders, der mit dem Computer verkabelt war, und sprach in ruhigem Ton: „Guten Tag, mein Name ist Zaistron. Wie heißen Sie und was kann ich für Sie tun?“ Die Fratze auf dem Bildschirm neigte den Kopf leicht zur Seite und zischte ein paar unverständliche Grunzlaute durch die Leitung. Zaistron sprach erneut: „Hallo Sie, wie heißen Sie? Können Sie mich verstehen?“ Wieder war ein Grunzen zu hören. Dieses Mal wurden jedoch unterschiedliche Töne hörbar. Es klang fast gesangsähnlich. Irgendwie war es paradox. Man hatte Kontakt und konnte sich dennoch nicht verstehen, alles seltsam. Aber was sollte man erwarten? Dass man auf andere Wesen stoßen würde, die den Vorzug hätten, eine analoge Sprachhistorie aufzuweisen, wie die Menschen auf der Erde? Zaistron versuchte es erneut. „Hallo Sie, wie heißen Sie? Nennen Sie bitte Ihren Namen, damit ich weiß, wie ich Sie anreden soll.“ Ein erneutes Grunzen erfolgte. Die lippenähnlichen Konturen bewegten sich auf- und abwärts, ohne dass etwas Klares zu verstehen war. Das Grunzen wurde manchmal lauter, dann wieder leiser.

„James, kommt ihr mit der Ortung voran?“, fragte Zaistron mit dem Kopf ins Nebenzimmer geneigt. „Ja, versuche den Kontakt noch ein, zwei Minuten aufrechtzuerhalten. Dann dürften wir soweit sein.“ Zaistron starrte wieder auf seinen Bildschirm und traute seinen Augen nicht. Die Bildschirmansicht hatte sich geteilt. Auf der rechten Seite war die grunzende Kreatur zu sehen, auf der linken Hälfte sah er nun Landschaften eines blühenden Planeten. Kleine Flüsse, Bäume, hohe Berge und saftig grün anmutende Wiesen wurden offenbar. „Da habt ihr ja einen schönen Planeten als euer Zuhause gewählt. Sieht ja fast wie bei uns aus, meine Hochachtung! Wenn Sie mir jetzt noch Ihren Namen sagen würden, hätten wir es mit der Anrede etwas einfacher. Na, wie heißen Sie?“ Stille folgte Zaistrons Wortschwall. Dem Grunzen folgte ein Gurgeln, einem Ertrinkenden ähnlich. „Seid ihr Kreaturen der Wassersprache mächtig oder wie soll ich euer Grunzen und Gurgeln deuten?“

Ein donnerndes Geräusch war im Hintergrund der Kreatur zu hören. Das hörte sich an, als ob sich die Kreaturen mit uns unterhalten wollten und parallel dazu Kriegsspiele veranstalteten. Was haben wir uns damit nur eingehandelt?, dachte Zaistron.

Seine Stirn war tief in Falten gezogen. Die Fratze auf der anderen Seite folgte seinem Beispiel und tiefe Furchen säumten die komplette Oberfläche der braunen Haut auf seinem Schädel. Was ist denn jetzt los, will der Kerl mich verarschen oder was soll das affige Getue mit den Stirnfalten?

Plötzlich fiel es Zaistron wie Schuppen von den Augen. Klar, versteht die andere Seite nicht, was man will, beginnt man mit einer anderen Kommunikationsart – einer Gestensprache? Er wollte es versuchen. Zaistron begann sich aufrecht vor seinen Bildschirm hinzusetzen und fing zu lachen an. Die Antwort ließ nicht lange auf sich warten. Die Stirnfalten verschwanden und die

Mundwinkel der Kreatur bogen sich weit in die Breite. Lange, scharfe Zähne blinkten Zaistron entgegen und der Körper der Kreatur begann sich zu heben.

Ein lautes Grunzen gespickt mit hohen Klängen wurde hörbar. Eine seltsame Art sich zu freuen, dachte Zaistron. Die Kreatur hatte wohl mit einer anderen Reaktion Zaistrons gerechnet und war gar nicht so erfreut, als Zaistron wenig Reaktion auf seine Gesten machte. Gurgelnd bewegten sich die Mundzüge der Kreatur auf und ab und verursachten einen Höllenlärm. „Einem Lachen kommt das aber nicht sehr nahe, hör schon auf damit, dich zu quälen!"

„Zaistron", erklang es aus dem Nebenraum, „wir haben es! Im fünften Quadranten, zwischen dem 19. und 20. Grad liegt ein kleiner Planet. Das ist der Ursprung des Kontaktes."

„Hervorragend, gute Arbeit, James! Das wird unsere Mannschaft freuen."

Für einen kurzen Moment hatte Zaistron sich aufs Nebenzimmer konzentriert. So bemerkte er nicht, wie der Kontakt abgebrochen war. Er ärgerte sich kurz, dachte aber nicht weiter darüber nach. Sie hatten mehr erreicht, als er zu hoffen gewagt hatte. Nun wussten sie Bescheid. Die Mission hatte ein klares Ziel. Als Nächstes würde er den Präsidenten informieren und anschließend mit Klara sprechen. Klara und Boris, dachte er, was haben die nur über Antonie herausgefunden. Er musste sich etwas einfallen lassen, sonst wäre die gesamte Mission in Gefahr und er hätte die Verantwortung zu tragen. Wahrscheinlich würde er seinen Job verlieren und ins Straflager versetzt. Das wollte er um jeden Preis vermeiden. Aber wie sollte er das anstellen?

Das Telefon klingelte. Zaistron fuhr erschrocken aus seinen Gedanken und nahm den Hörer ab. „Zaistron, guten Abend."

„Hallo Zaistron, hier spricht Präsident Miller, gibt es schon Neuigkeiten? Bringen Sie mich mal auf den aktuellen Stand der Sachlage!"

„Mr. Präsident, selbstverständlich – sofort. Wir hatten bis gerade Kontakt mit den Kreaturen. Ich versuchte, eine Art Kommunikation aufzubauen, ist mir aber nicht richtig gelungen. Doch war es uns aufgrund der Dauer des Kontakts möglich, die Position der Kreaturen genau zu bestimmen."

„Herzlichen Glückwunsch, ich wusste, auf sie ist Verlass. Wie lange braucht Klara mit ihrer Mannschaft, um dorthin zu kommen?"

„Ich denke, das sollte in sechs Monaten gelingen, Sir!"

„Auch gut. Was halten Sie von den Kreaturen, sind Sie uns feindlich oder friedlich gesonnen?"

„Mr. Präsident, das kann ich noch nicht sagen. Es lässt sich noch nicht beurteilen, da wir noch keinen Weg gefunden haben, mit ihnen so zu sprechen, dass wir uns gegenseitig verstehen."

„Sie haben den Kontakt sicherlich aufgezeichnet. Ich wünsche, dass Sie alle bisherigen Aufzeichnungen zusammenstellen lassen und sich dann damit zum Science-Center in Houston begeben. Dort werden sie mit einem Stab an Wissenschaftlern zusammentreffen, die sich mit allen möglichen Kommunikationsarten beschäftigen. Wenn Ihnen bei der Entschlüsselung dieser Laute geholfen werden kann, dann dort. Wenden Sie sich an einen Prof. Isaac Ewing. Ich werde Sie ankündigen. Machen Sie sich so schnell wie möglich auf den Weg!"

„Ja, Mr. Präsident, geht in Ordnung." Klick, der Präsident hatte ohne weitere Worte zu verlieren eingehängt. Das war sonst gar nicht seine Art, was hatte das denn zu bedeuten?, fragte sich Zaistron, als er ins Nebenzimmer zu James ging.

James Corton, der wissenschaftliche Assistent Zaistrons hatte alles aufgezeichnet und konnte die Mitschnitte ohne Mühe auf einen mobilen Datenträger übertragen. „So, das wäre mal geschafft. Ihr müsst die Aufnahme nun nur noch im Science-Center einspielen. Das Programm zum Abspielen habe ich auch mit auf den Tonträger übertragen."

„Danke, James, ich muss nach Houston fliegen. Anweisung vom Präsidenten. Bitte veranlasse, dass ein Militärjet bereitgestellt wird. Ich fahre noch kurz zuhause vorbei, ein paar Sachen zusammenpacken. Man soll mich in einer Stunde dort abholen!"

„Geht klar, Zaistron. Was machen wir wegen der Informationen des Kontaktes bezüglich der Endavour?"

„Die informiere ich von unterwegs. Den Rest werde ich von Houston aus erledigen. Mach's gut und halt mich auf dem Laufenden, O.k.?"

„Ja und guten Flug!"

Zaistron verschwand aus dem Büro und ließ sich von einem Shuttle in sein Haus bringen. Seine Frau Marie arbeitete auch den ganzen Tag im Bereich des Secret Service und war somit auch noch nicht daheim angekommen. Er rief sie an und teilte ihr die neuesten Nachrichten mit. Marie war nicht begeistert, dass er schon wieder unterwegs sein würde, und sie in diesem Riesenkasten alleine übernachten musste. Sie hasste das Haus, weil es aus ihrer Sicht für sie beide viel zu groß war. Seitdem die Kinder ausgezogen waren, verlief man sich in der Leere der Zimmer. Eigentlich wollten sie es beide schon lange zum Verkauf anbieten, hatten aber auch keine Zeit sich intensiv um die Vermarktung zu kümmern. Aber Zaistron nahm sich vor, dies in Kürze in die Wege zu leiten. Wenn erst mal die Mission auf die längere Reise ging, würde er wieder etwas mehr Zeit haben und die Dinge mit Marie besprechen.

Der Koffer war schnell gepackt. Er wollte nicht länger als drei Nächte wegbleiben und so schmiss er drei Garnituren Unterwäsche, Socken, Hemden und zwei Anzüge in den Koffer und war gerade dabei, einen Kaffee zu schlürfen, als die Hausklingel ertönte. Er packte Koffer und Aktentasche und eilte zur Tür. Der Shuttle-Fahrer und ein neuer Leibwächter standen am Eingang und begrüßten Zaistron mit den Worten: „Hallo, sind Sie fertig?“

„Ja, es kann losgehen.“ Die Fahrt zum Flughafen verlief zügig, denn um kurz nach 22 Uhr war selbst in einer großen Stadt wie Chicago nicht mehr so viel los.

Außerdem fand die Hälfte der Wegstrecke auf dem Militärgelände statt.
Die Maschine stand vor einem Hangar. Die Wartung musste gerade erst beendet worden sein, denn die Mechaniker waren noch mit dem Aufräumen beschäftigt.

Der Pilot saß bereits im Cockpit und die Treppe wurde herausgefahren, als das Shuttle vor dem Flieger anhielt. Das Flugzeug wirkte klein und edel. Wie oft hatte er es schon für Dienstflüge genutzt. Er hätte es auch selbst fliegen dürfen, da er alle Flugscheine vom Kampfjet bis zum kleinen Passagierflugzeug mit Auszeichnung bestanden hatte. Doch mangelte es ihm an Praxisstunden, um alle Lizenzen regelmäßig zu erneuern. Außerdem war es bequemer, sich fliegen zu lassen.

So konnte er sich einen Whiskey genehmigen oder sich einen seiner geliebten Rotweine gönnen. Sollten doch die Anderen arbeiten, wenn er zu Terminen anreisen musste. Er wurde vom Piloten herzlich begrüßt. Zaistron mochte diesen hageren Kerl mit seinem hellen Haaren und dieser dunklen Fliegerkappe. Der Dienstpilot Zaistrons, Randolph Scott, war seit einigen Jahren der Pilot, den Zaistron immer gerne anforderte, wenn es auf Jet-Reisen ging. Sie hatten sich während der Ausbildung zum Kampfpiloten kennengelernt und viele Nächte zum Tage gemacht, wenn sie beide am Wochenende Freizeit hatten, und in einer der wenigen Night-Bars in Nevada ihre Umgebung unsicher machten.

In den Monaten waren sie gute Freunde geworden, eine der wenigen Freundschaften, die gehalten hatte.

„Hallo, alter Haudegen, bist du soweit, können wir abheben?"

„Sicher, wenn du dich dann endlich hinsetzt und dich angeschnallt hast." Die Treppe wurde eingefahren und die Triebwerke heulten auf. Langsam setzte sich die Embraer in Bewegung. Zaistron liebte diesen Learjet, schnell und wendig und zusätzlich äußerst komfortabel. Die Lichter der Stadt wurden schnell kleiner. Nach zehn Minuten hatten sie ihre Flughöhe erreicht und die Stewardess brachte den georderten Whiskey.

Zaistron studierte auf dem Laptop immer wieder die Aufnahmen der Kreaturen. Krampfhaft versuchte er, Neuigkeiten herauszufinden, die sich vielleicht beim Vergleich der verschiedenen Kontakte ergaben und die er noch nicht entdeckt hatte. Aber die Kreaturen schienen alle gleich auszusehen. Waren sie geklont oder hatten sie vielleicht Masken auf, um ihre Identität zu verheimlichen?

Endavour

Klara stand immer noch am Fenster in der Kommando-Zentrale. Ihre Armbanduhr zeigte schon 6 Uhr in der Früh. Eigentlich war es ihre Zeit aufzustehen. Sie war aber gar nicht erst schlafen gegangen. Antonie beschäftigte sie mehr als ihr lieb war. Boris hatte sich kurz nach Mitternacht verabschiedet und war gemeinsam mit Antonie eine Etage nach unten geschwebt. Nachts musste man sich in den Sessel schnallen, damit man nicht Gefahr lief, durch den Raum zu schweben.

Klara wollte sich aber vorerst nicht mit Antonie in einem Raum aufhalten und zog es vor, mit Bob zu plaudern. Er hatte die erste Schicht übernommen und durfte somit nicht an Schlaf denken. Er genoss die Unterhaltung mit Klara. Sie hatten beide viel gelacht und sich so manches aus ihrer Jugend erzählt. Sie hatten beide die gleiche Grundschule besucht und kannten dieselben Lehrer. Die Zeit war schnell verflogen und ehe sie sich versahen, stand Boris bei ihnen.

„Guten Morgen, sagt bloß ihr habt beide nicht geschlafen? So geht das aber nicht lange, Klara, du brauchst deine Kräfte noch!“

„Guten Morgen, Boris. Bob und ich haben uns ganz nett unterhalten. Die Stunden verrannten wie im Flug.“

„Wir fliegen ja auch!“, antworte Boris. Klara gab Boris einen Kuss auf die Wange und setzte sich auf den Kommandosessel. „Bob, du erlaubst, dass ich mich hier ein wenig zur Ruhe begebe?“

„Fühl dich wie zuhause. Wir wecken dich, wenn sich etwas Spannendes tut.“

Klara saß noch nicht richtig, als sie schon eingeschlafen war. Boris schnallte sie an, denn soweit hatte sie es nicht mehr geschafft. „Na Boris, gut geschlafen?“

„Ja, ausgezeichnet! Habe mich selbst gewundert, aber die sanften Bewegungen im Raum haben mich schnell tief und fest schlafen lassen, erstaunlich. Normalerweise kann ich in fremden Umgebungen nicht gut einschlafen.“

„Hat Antonie noch etwas zu dir gesagt, als ihr alleine wart? Du hast sie schon mächtig mit der Aussage bei Zaistron unter Druck gesetzt."

„Menschen wie Antonie kann man nicht unter Druck setzen, dafür sind sie zu clever. Außerdem wollte ich nur Zaistron unter Druck setzen, nicht Antonie. Sie kann für etwaige Anordnungen nichts und trägt somit auch keinerlei Schuld, wenn es überhaupt parallele Anordnungen oder Befehle geben sollte. Ich wollte nur die Gründe für ihre Mission erfahren. Wir werden das schon noch herausfinden. Kommt Zeit, kommt auch die Antwort. Sie wird nicht ewig schweigen können, irgendwann wird sie sich euch oder Klara mitteilen. Davon bin ich überzeugt."

Den Mond hatten sie mittlerweile passiert. Ein kleiner Punkt am Horizont, der Planet Mars, wurde immer größer und imposanter, die Rotfärbung wirkte bedrohlich, ohne im geringsten bedrohlich zu sein. Eingehüllt in seinem rot anmutenden Schleier war seine Pracht immer deutlicher erkennbar. Aus dem Fenster schauend meinte Bob: „In drei Stunden werden wir mit dem Landemanöver beginnen. Dann werden sich unsere Wege trennen. Haltet mich ruhig auf dem Laufenden. Ich bin jederzeit bereit, euch zu folgen, wenn es erforderlich sein sollte. Hier draußen ist man wirklich auf Hilfe angewiesen, wenn es kritische Situationen gibt. Service-Stationen gibt es ja keine, außer der auf dem Mars. Boris, siehst du den kleinen Fleck auf der rechten Seite des Mars? Das ist die Raumstation, an welcher die Expansion angedockt ist. Wir werden bei der Mars-Umrundung an ihr vorbeifliegen. Du wirst erstaunt sein, wie groß und furchterregend das Schiff wirkt. Die Bewaffnung hat es ebenso in sich. Laserkanonen mit der Sprengkraft mehrerer Atombomben, Trionenraketen und -bomben, automatische Lenkraketen, die ihr Ziel flexibel bis zu deren Zerstörung verfolgen. Das Beste jedoch ist die Zerstörungskraft der computergesteuerten Traktorraketen. Mithilfe des Bordantriebs wird die Energie der Traktoren gebündelt und gespeichert. Im Moment der Schussabgabe entlädt sich Energie als megaschneller Antrieb, sodass die Aufprallgeschwindigkeit fast der der Lichtgeschwindigkeit entspricht. Beim Aufprall werden auf einen Schlag so viele Kräfte frei, dass man damit sogar Planeten zerstören kann. Also bitte nur im äußersten Notfall einsetzen. Scherz am Rande!"

„Habt ihr eigentlich etwas von Zaistron gehört, als ich geschlafen habe?", fragte Boris.

„Nein, wir hatten absolut keinen Funkkontakt zur Erde. Vielleicht müssen die Jungs vom Secret Service erst mal den Kontakt und die Aussagen unter die Lupe nehmen. Würde mich nicht wundern, wenn ihr die Informationen erst in ein paar Stunden erhalten würdet. Wie sieht es mit Kaffee und Frühstück aus, hast du Hunger?"

„Ja, mächtigen sogar. Danke, dass du mich daran erinnert hast." Sie schlürften gerade ihren Kaffee und genossen den frischen Croissant, als Antonie auf die Brücke kam.

„Guten Morgen, ihr Beiden. Wie lange werden wir noch bis zum Mars unterwegs sein?" Bob schaute auf die Instrumententafel und murmelte: „Schätze, dass wir in eineinhalb Stunden mit der Landung beginnen können."

„O.K., dann reicht es ja noch für ein geruhsames Frühstück. Bob, könntest du mir bitte eines ordern?"

„Na klar. James, bitte bring noch ein weiteres Frühstück auf die Brücke, unsere Psychologin hat auch Appetit." Es waren keine zwei Minuten vergangen, als James mit einem Tablett auf der Brücke eintraf. „Bitteschön und guten Appetit allerseits." Antonie bedankte sich und übernahm das Tablett, setzte sich auf den Sessel, der dem Eingang zur Brücke am nächsten stand, und begann, das Croissant zu genießen. Mit halb vollem Mund fragte Antonie an Boris gerichtet: „Na, schon etwas über meine Mission herausgefunden? Würde mich nicht wundern, wenn du die halbe Nacht darüber nachgedacht hättest."

„Nein", entgegnete Boris, „ich habe keine neuen Erkenntnisse gewonnen. Wie stellt sich denn die Situation für dich dar? Versetz dich in unsere Situation und erkläre ehrlich, wie du an meiner Stelle reagiert hättest."

„Da gibt es nicht viel zu erklären. Denn es wurden durch Klara und dich nur Vermutungen geäußert, die jegliche Grundlage vermissen lassen. Dazu kann ich verständlicherweise auch nicht mehr sagen, als dass ihr euch irrt. Es gibt keine andere als die geschilderte Aufgabe für mich."

„Und genau das glaube ich nicht, Antonie. Aber lass es dabei bewenden. Ich werde Zaistron nochmals danach fragen. Wenn ich mit meiner, besser gesagt unserer

Vermutung richtig liege, wird sich Zaistron selbst verraten. Ich kenne ihn zu lange und zu gut. Er kann sich mir gegenüber schlecht verstellen, denn das merke ich sofort!“

Klara schlief erstaunlich tief. Sie träumte von Jack, ihrem ersten gemeinsamen Urlaub in Texas und ihren Kindern. Alles verschwamm miteinander und als sie aufwachte, hatte sie das Gefühl, sich an einem anderen Ort zu einer anderen Zeit zu befinden. Es dauerte ein paar Augenblicke, bis ihr klar wurde, wo sie sich gerade aufhielt. Als sie bemerkte, dass Antonie und Boris in einem Gespräch vertieft waren, in der auch ihr Name fiel, stellte sie sich schlafend und lauschte dem, was sie zu hören bekam. „In jedem Fall ist Klara eine ausgezeichnete und robuste Person. Sie ist über Gebühr belastbar und kann kritische Situationen früh erkennen. Du wirst sie mögen Antonie, wenn nicht sofort, dann nach ein paar Tagen – glaube mir, sie ist einfach top.“

„Das kann alles in Ordnung sein, ich kann sie auch gut leiden. Aber ich verstehe ihr Misstrauen mir gegenüber überhaupt nicht. Ich habe ihr doch nichts getan und trotzdem behandelt sie mich wie Luft!“

Klara schmunzelte in sich hinein. Immer noch mit verschlossenen Augen daliegend, staunte sie nicht wenig über die Haltung von Boris. Wie eine treue Seele, Klara bis aufs Äußerste ergeben, versuchte Boris alles herauszufinden, was sich im Umfeld von ihr abspielte. Boris tut mir gut, dachte sie und ergriff plötzlich das Wort, was Boris und Antonie sichtlich überraschte: „Antonie, auch ich glaube dir nicht. Aber ich lasse die

Angelegenheit erst einmal auf sich beruhen, doch kannst du dir sicher sein, dass ich dich ständig beobachten werde. Ich dulde keinerlei Nebenabsprachen und ich stelle den Erfolg der Mission über die persönlichen Interessen Einzelner. Wir können und müssen viel bewegen, doch bitte nicht hinter meinem Rücken. Ich appelliere an deine Loyalität und sichere dir auch meine zu. Aber dies geht nur bei gegenseitigem Respekt. Ich hoffe, dass ich mich deutlich genug ausgedrückt habe."

„Bob, wie lange noch bis zum Mars?" Klaras Stimme hatte im Verlaufe des Gespräches mit Antonie etwas an Strenge, Härte und Bestimmtheit gewonnen. Das beeindruckte Bob ungemein und weckte ein Lächeln auf Boris' Gesicht. „Noch ne gute Stunde und wir beginnen mit der Landung. Ich möchte, dass ihr nun alle eure Sessel einnehmt und euch anschnallt. Ich werde die Mannschaft anweisen, mit den Landevorbereitungen zu beginnen." Sie flogen einem roten Leuchten entgegen. Der Mars sah von Weitem aus, als ob sich rote Felsformationen und breite Täler gestritten hätten, als es um die Einteilung der Landschaften ging. Es war einfach schön, so etwas Herrliches von weit oben zu bestaunen.

Klara, Antonie und Boris verließen schweigend die Brücke und kehrten auf ihre Plätze zurück. Antonie brach plötzlich ihr Schweigen, als sie es sich gerade bequem gemacht hatten. „Ihr habt mit euren Vermutungen recht. Zaistron hat mich neben meinen psychologischen Aufgaben damit betraut, dich Klara anhand deiner Taten zu beurteilen und wenn erforderlich, dir das Kommando zu entziehen. Es tut mir leid. Ich kannte

Klara nicht und habe Zaistrons Befehl ohne kritische Hinterfragung entgegengenommen. Zaistron hatte mir auch keine Wahl gelassen. Er weiß so viel von mir, dass ich aufpassen muss, nicht in Misskredit zu fallen. Aus Verantwortung meiner Familie gegenüber muss ich das tun, was Zaistron von mir verlangt. Wie gesagt, ich kann mich nur dafür entschuldigen, aber ich möchte ehrlich zu euch sein."

Klara staunte nicht schlecht und Boris bekam seinen Mund nicht mehr zu, als Antonie dies berichtete. Zorn stieg in Boris auf, den er nur mit Mühe zu unterdrücken vermochte. Nach einer kurzen Pause antworte Klara, Antonie in die Augen schauend: „Ich finde es couragiert von dir, die Wahrheit so offen anzusprechen. Dafür danke ich dir. Ich glaube, es ist besser, wenn wir Zaistron auf seine linke Tour nicht ansprechen. Das hat Zeit bis zu unserer Rückkehr. Um auch mit dir ehrlich zu sein, ich hatte schon ins Kalkül gezogen, dich auf dem Mars zurückzulassen. Nun, da du uns eingeweiht hast, besteht dafür kein Grund mehr. Aber wir dürfen Zaistron keinen Verdacht schöpfen lassen. Du wirst ihm das berichten, was wir vereinbaren werden. So kontrollieren wir selbst die Geschehnisse und müssen uns von ihm nicht reinreden lassen. Einverstanden, Antonie – Boris?"

Beide nickten Klara zu und Boris ergänzte: „Ich schließe mich deiner Entscheidung an und Antonie sollte uns versprechen, die Unterredungen mit Zaistron nur mit einem von uns im Hintergrund zu führen, O.k.?"

„So werden wir das machen, wenn Klara auch so denkt", antwortete Antonie. Klara nickte und schaute dann aus den kleinen Fenstern.

Draußen war alles tief in Schwarz gehüllt. Bald würden sie umsteigen und auf ihre bisher längste Reise gehen. Klara hatte plötzlich den Wunsch, mit ihren Kindern zu sprechen und fragte bei Bob nach, ob sie mit ihnen in Funkkontakt treten könne. Die Zustimmung kam und so wählte Klara an ihrem Sessel eine Frequenz, die sie mit Zaistron festgelegt hatte. Nach einigen Augenblicken meldete sich ihr Vater: „Hallo?"

„Hallo Papa, wie geht's euch, was machen die Kinder?"

„Es geht ihnen gut. Sie fragen immer danach, ob du dich schon gemeldet hast. Jetzt kann ich das endlich bejahen. Wie geht's dir, kommt ihr gut voran?"

„Ja, hier läuft alles nach Plan, alles bestens!"

„Die Kinder sind mit Martha unterwegs. Keine Sorge, zwei Beamte begleiten sie. Also kein Grund zur Beunruhigung." Ihr Vater kannte und verstand sie so gut wie kein anderer, das merkte Klara in diesem Augenblick mal wieder ganz deutlich. Mit einem Satz hatte er alle Fragen und Sorgen ausgeräumt, ach, wie sie ihn mochte.

„Papa, hast du was von Zaistron gehört? Angeblich hatte er erneuten Kontakt."

„Nein, von Zaistron nicht, aber dafür direkt vom Präsidenten. Die Beiden haben miteinander telefoniert. Zaistron ist gerade auf dem Weg nach Houston zum Science-Center, deswegen wird er sich auch nicht bei euch gemeldet haben. Sie haben die genaue Position der

Kreaturen geortet. Zaistron wird euch das aber alles genauer berichten. Ich möchte nicht allem vorweg greifen, er trägt die Verantwortung für die Mission auf der Erde, wie du für unterwegs. Wie kommst du mit Boris klar, hast du dich schon verliebt?“

„Papa, was soll das denn? Wie kommst du denn darauf?“

„Ganz einfach, ich habe Augen im Kopf und der Mann sieht nicht nur gut aus, sondern hat auch was auf dem Kasten, also voll nach deinem Geschmack!“

„Wenn du meinst.“ Klara wechselte das Thema. „Hat das mit der Schule geklappt?“

„Ja, ich sagte doch, dass wir alles im Griff haben, mach dir keine Gedanken, sondern widme dich deiner Aufgabe, O.k.! Sollte sich etwas Berichtenswertes ereignen, hörst du es von mir als Erstes.“

„O.k., ich bin halt neugierig, sie fehlen mir so.“

„Das weiß ich doch, mein Engel. Dennoch lerne, dich von den irdischen Gedanken zu befreien, du zermarterst dir nur unnötig deinen Kopf.“

„Papa, wir beginnen gleich mit dem Landeanflug auf den Mars, ich mach jetzt Schluss. Grüß mir bitte alle und drück sie!“

„Gut, mach ich, viele Grüße an die Crew und bis bald.“

„Bis bald Papa.“

„Ladies and Gentlemen, aufgepasst. Wir beginnen mit dem Landeanflug. Schaut aus dem Fenster, so schnell bekommt ihr den Mars nicht mehr so exklusiv zu Gesicht“, meldete sich Bob von der Brücke. Beim

Raussehen erkannte Antonie deutliche Konturen der Gebirge und schroffe Felsmassive. Unterbrochen wurden die langen Bergketten von langen schmalen Tälern. Verschiedene rötliche Töne verliefen mit fließenden Übergängen ineinander und sorgten für eine erotische Farbgebung. Ein Maler hätte das nicht besser einfangen können, dachte Antonie. Schon seltsam, es ist aufregend, das erleben zu dürfen und gleichzeitig beängstigend. Wie gerne hätte sie die Reise mit einem Kriegsschauplatz eingetauscht. Dann wäre ihr bisher so manch Unangenehmes erspart geblieben. Trotzdem empfand sie auch Erleichterung, seitdem sie Boris und Klara eingeweiht hatte. Gerne hätte sie das Spiel weitergespielt, aber unter den gegebenen Umständen war es besser, offen miteinander umzugehen. Außerdem nahm ihr Respekt Klara gegenüber zu, sie mochte sie sogar ein wenig. Vielleicht, dachte sie, sollte ich einfach mit Bob umkehren und den ganzen Mist an den Nagel hängen, Zaistron hin oder her, das spielte doch nun auch keine Rolle mehr. Sie müsste sich nur schnell entscheiden. Viel Zeit zum Überlegen blieb ihr nicht.

Houston

Zaistron schlürfte an den Resten seines vierten Whiskeys und schaute auf die Lichter von Houston. Zwischenzeitlich hatte sich Randolph zum ihm gesellt und sie hatten die alten Zeiten aufleben lassen. Der Co-Pilot hatte den Flug übernommen und so konnten sie ungestört in der Vergangenheit schwelgen. Es tat ihm gut, mit einem Freund zu sprechen, einem der auch mal zuhörte, ohne immer seine Meinung abzugeben. Auf diese Weise konnte er sich seines emotionalen Mülls entleeren und neue Kraft schöpfen. Sein Job war anstrengend und er war schließlich auch nicht jünger geworden. Randolph hatte einen trockenen Humor und so wurde viel gelacht und so manches Glas gekippt. Dienst hin oder her, hatte Randolph geflachst, sollen sie mich doch rauswerfen, dann habe ich wenigstens wieder Zeit angeln zu gehen und das Leben zu genießen.

„Bitte anschnallen, wir befinden uns im Anflug auf Houston“, ertönte es durch die Lautsprecher des Jets.

„Zaistron, ich gehe dann mal wieder nach vorne. Mach’s gut und melde dich mal, dann können wir am Wochenende wieder mal aufs Land fahren und so richtig auf den Putz hauen.“

„Geht klar, wünsch dir was und grüß mir deine Frau!“

„Mach ich, bis dann.“ Der Jet bog sich leicht nach rechts. Ein leises Rumpeln signalisierte, dass die Räder und die Landeklappen ausgefahren wurden. Die Landebahn zeigte sich auf der rechten Seite, es erfolgte eine lange Linkskurve, die Landebahn tauchte jetzt links auf und plötzlich drückten die Piloten die Maschine nach unten. Das Aufsetzen war so sanft, dass nur das rasche Bremsen zu spüren war.

Zaistrons Minisender piepte, er bestätigte den Empfang und sagte: „Hallo, wer spricht?“

„Hier Andrew McDillen, Prof. des Houston Science Center für Sprachanalysen. Ich sitze im Shuttle und soll dich abholen, wenn du aus dem Jet kommst. Guten Flug gehabt?"

„Hey Dillen, ja, danke der Nachfrage. Freut mich, dich zu hören, und wie geht's dir?"

„Gut soweit, nur dass ich wegen dir und deinen Kontakten mehr zu tun habe als je zuvor. Ich hoffe nur, dass unsere Arbeit auch etwas zur Lösung des Problems beiträgt!"

Die Treppe wurde ausgefahren und Zaistron sprang leichtfüßig hinunter. „Grüß dich Dillen, hätte mir denken können, dass du mich persönlich abholst. Konntest mal wieder deine Neugier nicht stillen, oder?"

„Zaistron, wir kennen uns so lange, wenn ich nicht neugierig wäre, hätte ich den falschen Job und der, den ich ausführe, macht mir Spaß!"

„Das weiß ich und du bist einer der Besten deines Faches. Deswegen bin ich hier. Wir brauchen deine Hilfe."

„Es geht um die Entschlüsselung des Kontaktes, den ihr hattet, ich habe vom Präsidenten davon erfahren. Mein Team und ich werden nichts unversucht lassen, an die Lösung, sprich Übersetzung, zu kommen. Du kannst dich auf mich verlassen!"

Sie fuhren in einem dunkelgrauen Shuttle direkt ins Science-Center. Während der Fahrt wechselten sie keine Worte mehr. Beide hingen ihren Gedanken nach. Dillen dachte an die bevorstehende Analyse und an einen Weg, der am erfolgreichsten bei der Informationsgewinnung sein würde. Zaistron hingegen dachte an Antonie und Klara. In Kürze müsste er das erste Mal ein geheimes

Gespräch mit Antonie führen, um sich zu vergewissern, ob alles im Sinne der Mission verlief. Nein, er fühlte sich nicht mies bei seiner Vorgehensweise. Schließlich hatte er keine andere Wahl. Zuviel hing vom Erfolg dieser Mission ab. Nein, er durfte nichts dem Zufall überlassen.

Auch seine geheimen Pläne, eine komplette Kampfeinheit auf fünf Raumschiffen so schnell wie möglich der Expansion hinterher zu schicken, war eines seiner Ziele. Davon würde er den Präsidenten schon noch überzeugen. Ein Problem stellte Klaras Vater dar. Durch seinen großen Einfluss beim Präsidenten und der Gefahr, der sich Klara aussetzte, würde er sicherlich gegen eine entsprechende Aktion argumentieren. Aber noch waren die restlichen Raumschiffe nicht fertiggestellt und er hatte somit noch Zeit, seinen Plan weiter zu detaillieren. Weitere sechs Monate, so schätzte die NASA, waren nötig, bis die Schiffe einsatzfähig sein würden. Scheiß lange, dachte Zaistron.

Sie erreichten das Science-Center. Es war bereits dämmrig und das Gebäude wurde von riesigen Scheinwerfern angestrahlt. Im viktorianischen Baustil des 19. Jahrhunderts erbaut, wirkte es etwas skurril, aber es strahlte auch Atmosphäre aus. Ein angenehmer Arbeitsplatz, eben genau das Richtige für Wissenschaftler. Diese Gedanken überkamen Zaistron immer wieder, wenn er das Gebäude erblickte. So auch heute. „Na, bist du bereit, in die technologische Hochburg der Sprachwissenschaften einzutreten?“, fragte Randolph Scott, Abteilungsleiter für Sprachanalysen.

„Bin ich“, kam die knappe Antwort. Eine leichte Brise wehte ihnen entgegen, als sie raschen Schrittes die Treppen hoch liefen.
Einer der Wärter öffnete die Tür und nickte leicht zur Begrüßung. Randolph war Leiter dieses Institutes und die Wärter waren es gewohnt, dass er zu jeder Tages- und Nachtzeit ein- und ausging. Auf dem Weg zum Labor kam einer der wissenschaftlichen Assistenten aus der Küche und stellte sich Zaistron kurz vor. Eliot, ein kleiner etwas zu dick geratener Mann, folgte den beiden ins Labor. Zaistron öffnete seine Aktentasche und übergab den Datenträger an Eliot. „Na dann zeig mal, was ihr so drauf habt. Bin mehr als gespannt, ob ihr es schafft, die Nachricht zu entschlüsseln.“

Eliot gab Instruktionen an die Männer und Frauen, die an ihren Bildschirmen saßen, und schloss mit den Worten: „Das, was Sie jetzt sehen werden, muss unbedingt in diesen Räumlichkeiten bleiben. Keine Hinweise an die Presse, keine Interviews und keine Anmerkungen zu irgendjemand. Absolute Geheimhaltungsstufe für alle Projektmitarbeiter!“ Die Arbeit begann. Als die Daten überspielt waren, trauten die Wissenschaftler ihren Augen kaum. Was sie dort zu sehen bekamen, raubte ihnen fast den Verstand. Sprachlos und teilweise auch etwas verwirrt hörten und schauten sie auf die Kreatur, die unverständliches Zeug von sich gab. „Nun aber an die Arbeit, Jungs und Mädels, zeigt, was ihr könnt. Ich möchte Resultate sehen, der Präsident wartet brennend darauf zu erfahren, was die Kreaturen von sich gegeben haben.“ Und so kam es, dass elf Mitarbeiter des Science-Centers begannen, ein Gurgeln und Grunzen zu identifizieren. Eine Kommunikationsform, die an Schweinesprache erinnerte.

Dillen überwachte in einem Nebenraum die Arbeiten und machte sich seine eigenen Gedanken über die Vorgänge und Ereignisse, die Zaistron ihm zwischenzeitlich berichtet hatte. „Irgendetwas stimmt in dieser ganzen Sache einfach nicht." Er konnte sich noch keinen Reim auf die Vorkommnisse machen, doch passte alles nicht so richtig zusammen. Zumindest nicht aus wissenschaftlicher Sicht.

Die Festung

Sam war mehrmals im Laufe des Tages in einen tiefen Schlaf gefallen. Ein Zeichen, erklärte ihm Mike, dass die Heilung des Knies eingesetzt hatte und die Kräuter ihre positiven Wirkungen zeigten. Gegen Abend kam die Gruppe zurück, die die Gegend nach der geheimnisvollen Energiequelle abgesucht hatten. Total erschöpft sanken sie neben dem wärmenden Feuer nieder. „Wir konnten nichts entdecken. Keine Spur von Drohnen und auch nicht von den Kreaturen. Als ob sie vom Boden verschluckt worden wären", merkte ein blonder Mittvierziger an. „Macht euch nichts daraus. Wir müssen uns in Geduld üben und eben morgen weiter suchen. Auf Dauer werden wir die Quelle finden, wir müssen sie einfach finden!", antwortete Mike.

Felix und Zippo hatten sich nicht den ganzen Tag über damit beschäftigt, ihre Kenntnisse über die Festung auf

Pergament zu malen. Sie waren schon mehrmals vor Ort gewesen, kannten aber den Weg dorthin nicht genau. Nun schauten sie zufrieden auf einen Teil ihrer Tagesleistung.
Viele Umrisse und Räume der Festung waren bereits zugeordnet und grob beschrieben. Bei näherem Hinsehen ergaben ihre Aufzeichnungen einen logischen Zusammenhang. Für den Betrachter nicht so leicht zu erkennen, war die Festung mittels einer dicken Steinwand von außen gut versteckt und abgeschirmt. Gut getarnt mit dichtem Pflanzenbewuchs musste man schon mehrmals hinschauen, um den Festungswall zu erkennen. Alle wichtigen Gänge führten unter der Oberfläche von außen nach innen, streng bewacht und hell erleuchtet. So hatten es die beiden in Erinnerung.

Felix und Zippo hatten sich heute Morgen kurz nach ihrem Frühstück auf den Weg zur Festung aufgemacht - ein langer und beschwerlicher Weg. Denn sie wollten das Risiko entdeckt zu werden, so gering wie möglich halten. Deswegen schlugen sie nicht den direkten Weg ein, sondern entschieden sich für einige Umwege, um mögliche Spuren zu verwischen. Sie liefen erst einmal Zickzack durch den Wald, um ihre Spuren zu verschleiern. Damit hatten sie Erfolg, denn sie blieben die ganze Zeit über unentdeckt. Als sie die Festung erreichten, mussten sie höllisch aufpassen, nicht entdeckt zu werden. Sie wurden Zeuge einer Lieferung von Flüssigbrennstoff und erlebten so, welche Sicherungsmaßnahmen zu umgehen waren, um Zugang zum Inneren der Festung zu erhalten. Außen waren zusätzliche Wachposten eingeteilt. Diese machten bei jedem eine ausführliche Kontrolle von Waffen, sonstigen Gegenständen, die mitgeführt wurden und übergaben schließlich einen Aufenthaltsschein. Auf diesem Schein wurden offensichtlich die Bereiche gekennzeichnet, die für die Erledigung des jeweiligen Auftrages betreten werden durften. Mithilfe der elektronisch vermerkten Zugangsparameter konnten die Tore geöffnet und geschlossen werden, ohne dass Wachpersonal diesen Dienst leisten musste.

Zippo schaute Felix an und meinte: „Was machen wir nun, reingehen oder zurückkehren?"

„Tja, wenn ich das schon wüsste. Eigentlich sollten wir versuchen, rein zu kommen. Wie sonst sollen wir an Informationen kommen, die für uns verwertbar sind? Wir benötigen Pläne, Zugangscodes, etc. Gelingt uns dies nicht, haben wir sowieso verloren."

„Zippo, schau mal dort an den Rand der Festung, ca. 100 Meter vom Eingang entfernt. Was ist das?"

„Sieht aus wie ein großer Tank. Da holen die Kreaturen sicherlich ihre Brennflüssigkeit mit ab, aber was passiert denn jetzt?" Zippo und Felix kamen aus dem Staunen nicht mehr heraus. Zu ihrer Überraschung kamen einige Leute aus dem Tank geklettert. Vorsichtig schauten diese sich um. Auch sie wollten also nicht entdeckt werden. „Jetzt wird doch der Hund in der Pfanne verrückt. Was machen all die Leute dort, wollen die etwa auch in die Festung?"

„Sieht fast so aus, Felix. Stellt sich die Frage, ob wir uns bemerkbar sollten oder nicht, was meinst du?"

„Auf keinen Fall, lass uns doch abwarten, was passiert, dann können wir immer noch entscheiden uns zu zeigen.“
Die kleine Gruppe versammelte sich um den Tank und duckte sich im Schatten der dicken Hecken, um sich eine erste Orientierung zu verschaffen. Fünf Männer und zwei Frauen hatten sich über mehrere Stunden im Tank versteckt gehalten. Spät am Vorabend waren sie hier aufgetaucht und wollten eine sichere Unterkunft für die Nacht suchen, als sie auf den riesigen Tank aufmerksam wurden. Nach eingehender Untersuchung kamen alle zu dem Entschluss, im Inneren die Nacht zu verbringen. Innen war es nicht kalt und man konnte von außen auch nicht entdeckt werden. Kaum war die Gruppe jedoch im Schatten der Hecke versammelt wurde das Tor geöffnet und eine Gruppe von 20 Kreaturen sichtbar. Schwer bewaffnet, komplett in Rüstungen gehüllt machten sie einen Furcht einflößenden Eindruck. Das Grunzen und Gurgeln durchbrach die Stille und ließ den Atem aller der sich in der Nähe aufhaltenden Menschen stocken. Die Sieben erschraken zutiefst. Dem Schatten war es zu verdanken, dass sie nicht sofort attackiert wurden. Alle pressten sich an die grüne Heckenwand und hofften darauf, dass sich die Kreaturen schnell auf ihren Weg machten.

Felix und Zippo wurden Zeugen eines unglaublichen Vorganges. Es konnte doch nicht sein, dass die Kreaturen die sieben Leute nicht entdeckten. Steckte System dahinter oder war es reiner Zufall? Vielleicht eine Falle,

die ihnen galt, die zum Ziel hatte, ihre Gefährten zu entdecken und zu verhaften?
Die Kreaturen führten ihre fleischigen Reitgefährten, sogenannte Gillops mit. Sie hatten etwas Ähnlichkeit mit zu klein geratenen Zebras. Das Fell war auch leicht gestreift und der Körper war dick auf beiden Seiten nach außen gewölbt. Für die Kreaturen gerade richtig, denn die O-Beine konnten somit beim Reiten gut um die Wölbung gelegt werden, um dabei den entsprechenden Halt zu behalten. Einer nach dem anderen saß auf und machte sich unter lautem Grunzen auf den Weg. Der Gestank, der durch die Gillops verbreitet wurde, hatte auch Vorteile. Stand der Wind entsprechend, konnte man die Kerle schon früh und weit entfernt riechen. Es war ein bestialischer Gestank, der durch den langsamen Verwesungsgeruch aus dem Inneren der Tiere drang, da die Tiere beim Fressen alles unzerkaut verschlangen. Beim Verdauungsprozess entwickelten sich starke Gase, die durch den Zersetzungsprozess entstanden. Wurden die Gillops dann auch noch zum Reiten angetrieben, wurden die halb verdauten Fleischbrocken durch ihren Magen geschleudert, was die Gasentwicklung noch förderte.

Der Gestank verbreitete sich schnell. Kreaturen hatten von Geburt an gut ausgebildete Geruchsorgane. Der Gestank bereitete offensichtlich auch ihnen etwas Unbehagen. Sie trieben ihre Gillops an, damit der Geruch nach hinten durch den Reitwind abgeleitet werden konnte. Zum Glück für die sieben Gefährten. Alle hatten sich bereits auf eine Auseinandersetzung vorbereitet, die

Waffen waren alle gezogen. Diese noch in ihren Händen haltend traten sie aus dem Schatten hervor, als die Kreaturen davongeritten waren. Ein leichtes Raunen ging durch die Gruppe.

„Gerade noch mal gut gegangen", sprach ein muskulöser, kleinerer Mann aus ihrer Mitte. Seine Haare waren leicht ergraut, die Haut tiefbraun gefärbt und die blauen Augen schimmerten selbst aus einiger Entfernung recht eindrucksvoll. Sein Name war Twen.

„So, wir machen weiter wie geplant. Eikon, du überprüfst die Zünder. Niriana, wie weit bist du mit dem Scannen der Innenbereiche gekommen?"

„Durch das kurzzeitige Öffnen der Tore konnte ich Zeit gewinnen und bin fast fertig, denke in zwei bis drei Minuten haben wir den kompletten Übersichtsplan des Gebäudes."

„Sehr gut, prüft eure Waffen, schaltet beim Reingehen alle Störsender ein und bleibt eng beisammen. Deckung geben und äußerste Vorsicht sind unsere Ziele. Wir benötigen Zeit, um bis zur Quelle vorzukommen. Wenn möglich, keine Gefechte anfangen, lieber verstecken und unser Überraschungsmoment für unseren Rückzug aufbewahren. Habt ihr noch Fragen? Jason?"

„Twen, wenn wir drin sind, sollten wir uns aufteilen. Wir hätten doch bessere Chancen, in zwei getrennten Gruppen ans Ziel zu kommen. Wird eine Gruppe entdeckt, hat die zweite immer noch eine Chance, an die Quelle zu kommen."

„Das ist schon richtig, Jason", antwortete Twen. „Was passiert aber, wenn die erste Gruppe einer Anzahl an

Kreaturen gegenübersteht, die uns waffentechnisch und mengenmäßig überlegen ist? Dann haben wir nur gemeinsam eine Chance. Wir haben gesagt, einer für alle, alle für einen. Also keine Diskussionen mehr über die Strategie!“

Nun folgte Schweigen. Die Zeit war gekommen, um sich hineinzuwagen. Die Tür zu öffnen ging mittels des Codes ohne Schwierigkeiten, kein Alarm wurde ausgelöst und das Tor blieb offen, ohne dass ein Signal ertönte. Felix und Zippo sprangen aus ihrem Versteck und folgten den Sieben auf den Fersen. Keiner von beiden hatte lange überlegt, der Entschluss kam spontan und so schauten sich beide nur kurz an, als sie durch das Tor liefen, um sich abzustimmen, wo es entlang gehen sollte.

„Felix, ich war vor einiger Zeit mal hier drin. Die Quelle ist gut bewacht und kaum zugänglich. Es wird schwer, dort ohne Waffen etwas zu erreichen. Wir sollten uns Waffen beschaffen und dann der Gruppe folgen. Lass uns zur Waffenkammer schleichen und schauen, dass wir fündig werden.“

„O.k., klingt plausibel. Wo geht's lang?“

„Wir müssen nach rechts, den langen Gang entlang und dann durch die erste Kontrolle durch. Danach sind einzelne Kammern mit verschiedensten Waffenlagern auf der linken Seite angeordnet.“

Die Wände der Festung waren feucht. Im Inneren des Gebäudes roch es leicht moderig, was sicherlich mit der schlechten Belüftung zu tun hatte. Sie mussten höllisch

aufpassen, der Boden war rutschig und die Schritte hallten laut und dumpf, wenn sie zu schnell liefen. So machten sie große Schritte und bemühten sich, so leise wie möglich voranzukommen. Das Licht war schal. Die Kreaturen konnten auch bei schlechteren Lichtverhältnissen gut sehen, da ihre Augen mit vielen Schwarz-Weiß-Rezeptoren versehen waren.
Felix ging voran und Zippo folgte mit knappem Abstand. Plötzlich hörten sie ein lautes Grunzen und ein grobes Gelächter, zumindest hatten beide das Gefühl, dass es sich um Gelächter handeln musste. Der Gang machte eine kleine Biegung, dahinter sahen sie zwei Kreaturen, die sich mittels einer virtuellen Videobotschaft die neuesten Informationen ansahen. Stetiges Grunzen und Nicken der Dickschädel zeugten davon, dass beide mit der Botschaft und im Zuhören vertieft waren. Zippo zögerte kurz und entschied sich dann zu einem dreisten Vorgehen. Die Überraschung auf seiner Seite schritt er geradewegs, voll konzentriert und bis auf die Zehenspitzen angespannt auf die Beiden zu. Er wollte beide in einen Kampf verwickeln, um Felix die Möglichkeit zu geben, dem einen oder anderen die Waffen zu entwenden. Alles musste blitzschnell gehen, damit die Kreaturen nicht auf die Idee kommen würden, Alarm auszulösen.

Felix hatte die Absicht Zippos sofort durchschaut. Sie kannten sich zwischenzeitlich so gut, dass Worte immer weniger in ihrer Kommunikation benötigt wurden. Intuition und Telepathie waren ihre Art der Verständigung. Felix blieb hinter der Biegung stehen und wartete auf den Beginn der Auseinandersetzung. Zippo begann vor sich her zu pfeifen. Er wollte seine Angst und Anspannung überspielen und so tun, als ob es für ihn ganz normal wäre, hier in der Festung frei herumzulaufen. Die Kreaturen sahen auf, grunzten wirres Zeug, schauten sich verdutzt an und waren absolut überrascht, dass Zippo locker auf sie zulief. Offensichtlich trauten sie ihren Augen nicht. Dieses Zögern kostete sie ihr Leben. Zippo sprang blitzartig hinter die rechts stehende Kreatur, zog die Laserpistole und feuerte sofort auf den Oberkörper der links stehenden Kreatur. Ein Schwall innerer Organe quoll aus dem Bauchpanzer und versetzte die andere Kreatur in ein kurzes Zögern, was sie denn nun tun sollte. Felix nutze seinerseits das Zögern, um auf sich aufmerksam zu machen. Zippo gewann auf diese Weise wertvolle Sekunden, um erneut zu schießen. Der Strahl bohrte sich durch den Rücken der zweiten Kreatur und trennte den linken Arm beim Austritt des Strahls komplett vom Schulterbereich. Immer noch ungläubig schauend sackten beide Kreaturen lautlos zusammen. Kein Grunzen, kein Schmatzen war zu hören. Die Laute verstummten und die Erleichterung von Felix und Zippo konnten beide gegenseitig spüren.

„Was machen wir jetzt mit den Körpern? Wir können sie unmöglich hier liegen lassen.“

Felix: „Wir schaffen sie zurück Richtung Eingang. Da war doch eine kleine Nische, da schieben wir sie rein. Bis sie dort entdeckt werden, müssen wir wieder draußen sein.“ Und so schleppten sie die Kreaturen und deren Überreste nach und nach in die Nische. Als Nächstes legten sie die Waffen an, neben den Laserpistolen waren Munition, Handgranaten und einige Leuchtkugeln in den Taschen. „Am besten nehmen wir die Rucksäcke der Kreaturen mit, dann haben wir unsere Hände frei!" Zippo nickte zustimmend und schnallte sich den Rucksack bereits über.

Nun liefen sie erneut den Gang entlang. Sie mussten zwar nicht mehr in die Waffenkammern, aber der Weg zur Quelle führte daran entlang. Sie waren gerade über die Stelle gekommen, wo sie den ersten Kampf mit den Kreaturen hatten, als sie leise Stimmen hörten. Menschliche Stimmen, die über irgendetwas diskutieren. Zippo und Felix fingen wieder an zu zögern, da sie nicht wussten, mit wem sie es schließlich zu tun bekämen. Sie stoppten beide und lauschten dem Stimmengewirr.

„Was sollen wir machen? Die Wege sind versperrt. Ohne Kampf kommen wir da nicht durch. Wir sollten wieder verschwinden. Überlegen wir später erneut, wie wir die Quelle auf anderem Weg versiegen lassen können. Es ist einfach zu gefährlich und es macht keinen Sinn, wenn hinterher die meisten von uns sterben. Tot kommen wir auch nicht mehr nach Hause!"

Felix und Zippo wurde nun klar, dass es sich um die Gruppe von draußen handeln musste. Die waren am Eingang wahrscheinlich links abgebogen und sind somit den Kreaturen nicht in die Quere gekommen.

„Sollen wir uns vorstellen, Zippo?"

„Weiß nicht so richtig, bin mir immer noch nicht im Klaren, was zu tun am besten wäre."

„Twen, wir sollten weitergehen, auch ohne Waffen können wir die Quelle finden. Dann können wir immer noch überlegen, wie es weitergehen soll!“

„Nein, keine gute Idee, wie ich finde. Wir sollten zuerst Waffen besorgen, wir sind ohne Verteidigungsmöglichkeiten aufgeschmissen! Niriana, lass uns zu den Kammern gehen und sehen, wie wir an Waffen gelangen. Los, weiter geht's!“

Felix und Zippo tauschten wieder Blicke aus. Spontanität war jetzt nicht angesagt und so verharrten beide in ihrer Position. Plötzliches Grunzen dröhnte durch die Gänge. Hatte man die Toten entdeckt oder war der aufkommende Tumult anderen Ursprungs? Die Stimmen der Sieben und das Grunzen wurden zu einer lauten Auseinandersetzung. Schreie, Stöhnen, Grunzen – alles wurde lauter und lauter. Felix und Zippo mussten reagieren. Sollte sich der Tumult weiter lautstark entwickeln, würde die Festung vielleicht in Alarmbereitschaft versetzt, was sich als zunehmende Gefahr für sie beide entwickeln würde. So war klar, sie mussten handeln und zwar schnell. Sie zogen ihre Waffen und liefen dem Stimmengewirr entgegen.

Sie kamen an einen Torbogen, das Licht fiel von der anderen Seite hindurch und gab die Sicht auf die Gruppe frei, die sich in wildem Handgemenge befand. Drei Kreaturen hauten wie wild auf die Sieben ein. Sie hatten keine Waffen gezogen, sondern nutzen Knüppel, um sich der Eindringlinge zu erwehren. Entweder wollten sie die Eindringlinge lebend gefangen nehmen oder sie waren nicht schwer bewaffnet. Anders jedenfalls konnte sich Felix dieses Vorgehen nicht erklären.

Niriana drehte sich unter einem Schlag der vordersten Kreatur weg und schaute dem plötzlich auftauchenden Zippo direkt entgegen. Etwas ungläubig, aber auch hoffnungsvoll ruhten ihre Blicke kurz auf den seinen. Schon musste sie erneut ausweichen, konnte aber den Schlag nicht komplett verhindern. Die kurze Ablenkung war zu viel und sorgte für einen stechenden Schmerz in ihrer Schulter, die durch den Knüppel noch im Vorbeistreifen getroffen wurde. Zippo feuerte ohne zu zögern und traf die Kreatur im linken Bein. Im Einknicken blickte sie erschrocken hoch und wurde vom zweiten Schuss mitten ins Herz getroffen. Das abwechselnde Grunzen der beiden anderen wurde durch die Schüsse, die Felix abfeuerte, begleitet. Körperteile flogen durch die Luft. Schreiende Grunzlaute und verbrannter Geruch sorgten für eine atemraubende Stimmung. Die Sieben trauten ihren Augen nicht. Wer war ihnen denn in quasi letzter Sekunde zu Hilfe geeilt?

Niriana erfasste als Erste die Situation. „Danke für eure Hilfe, wo kommt ihr her?“

„Wir haben euch vorhin am Eingang gesehen und sind euch gefolgt. Wir haben einen anderen Weg gewählt und sind bereits mit zwei Kreaturen im Kampf verwickelt gewesen. Aber darüber können wir später sprechen. Lasst uns die Kreaturen beseitigen, wir müssen sehen, dass wir weiterkommen!“

„Wohin wollt ihr?“, fragte Twen.

„Wir haben das gleiche Ziel wie ihr, wir wollen zur Quelle und sehen, wie man diese zerstören kann!“, antwortete Zippo.
Die Beseitigung der Kampfspuren begann und Schweigen legte sich über die gesamte Gruppe, die jetzt plötzlich aus neun Mitstreitern bestand.

„Mein Name ist Twen, das sind Niriana, Tsurin, Victorian, Eikon, Anisto und Moran. Wir sind seit Wochen auf der Suche nach der Quelle und haben in den letzten Tagen herausgefunden, dass diese in dieser Festung sein muss.“

„Mein Name ist Felix, das ist Zippo, auch wir sind auf der Suche nach der Quelle. Wir wollen begreifen, wie sich die Kreaturen und ihr Anführer und Schöpfer Onyx der Kraft der Quelle bedienen. Aus diesem Grund sind wir hier.“

„O.k., dann haben wir das gleiche Ziel. Was dagegen, wenn wir den Weg gemeinsam fortsetzen?“

„Nein, jetzt sind wir zusammen, dann können wir auch gemeinsam weitermachen“, antworte Zippo.

„Herzlichen Dank auch für eurer Einschreiten in unseren Kampf. Ohne euch hätten wir wenig Chancen gehabt, den Kampf zu gewinnen und wären wahrscheinlich wieder gefangen genommen worden“, meinte Niriana.

„Wie seid ihr den Kreaturen aus der Gefangenschaft entkommen?“, fragte Felix.

„Ja, das war vor ca. drei Monaten. Uns bot sich die Chance, einen kurzen Augenblick der Unachtsamkeit des Wachpersonals zu nutzen. Wir verstecken uns seitdem im Wald und wechseln dort ständig unseren Aufenthaltsort, um nicht von Patrouillen entdeckt zu werden", antwortete Twen.

„Seit wann gibt es Patrouillen im Wald?", fragte Zippo.

„Ich glaube kurz nach unserer Flucht wurden Suchtrupps gebildet.

Die Anzahl der Ausreißer hat so stark zugenommen, dass die Kreaturen angefangen haben, die Flüchtigen wieder einzufangen. Ihnen gehen die Arbeiter aus und sie empfinden es als zu gefährlich, wenn die Anzahl der Flüchtigen zu stark ansteigt. Sie haben höllische Angst vor einem Aufstand, einem bewaffneten Konflikt. Ich denke, sie haben andere Pläne und wollen in ihrer Heimat Ruhe haben. Niriana glaubt sogar, dass sie sich auf einen Krieg vorbereiten. Überall entstehen Waffendepots. Truppen werden ausgebildet, Raumflieger gebaut und Drohnen produziert. Alle Drohnen werden mit Lasern und Mini-Torpedos ausgestattet. Nach friedlichen Aufklärern sieht das nun wirklich nicht aus. Einige verfügen zwischenzeitlich sogar über Miniaturkameras. Die Aufnahmen sind scharf, sodass sie kleinste Details aus großen Entfernungen lokalisieren können. Man glaubt es kaum, aber die Technik der Kreaturen ist derer unseres Heimatplaneten weit überlegen.

„Welcher Planet ist euer Heimatplanet?", fragte Felix.

„Saotin, ein Planet, der drei- bis viermal so groß ist wie die Erde!"

„Noch nie von gehört, in welchem Quadranten liegt Saotin?"

„Saotin liegt in der Milchstraße des Sternzeichen Orion. Wir haben die Erde vor einigen Jahren entdeckt, haben auch versucht, mit der Erde in Kontakt zu treten. Dies ist uns aber wegen der schlechten technischen Ausstattung und Entwicklung nicht gelungen. Die Bewohner der Erde kennen Saotin, wissen aber auch nicht, dass es dort Leben in Form von Menschen gibt. Wir konnten vor einigen Jahren eine Sonde auffinden, deren Ursprung die Erde war. Die Sonde hat Daten auf die Erde gefunkt, so viel war uns klar. Das führt auch zu unserer Vermutung, dass man auf der Erde über Informationen über Saotin verfügt."

„Hört sich alles interessant an, wir sollten aber machen, dass wir weiterkommen. Viel Zeit haben wir nicht." Die Überreste der Kreaturen waren zwischenzeitlich in die gleiche Nische wie die beiden ersten geschafft worden. Ein süßlicher Geruch begann, von dem Ort auszuströmen.

„Wir sollten verschwinden! Der ausströmende Gestank wird die Kreaturen alarmieren und dann geht hier die Post ab, was meint ihr?", fragte Zippo.

„Ja, denke, das ist keine schlechte Idee, wir sollten eher versuchen, zu einem späteren Zeitpunkt wieder rein zu kommen", antwortete Niriana.

„Nein, wir sollten bleiben und unsere Aufgabe zu Ende bringen. Später werden die Sicherheitsmaßnahmen erhöht, was es dann noch schwieriger machen wird, zur Quelle zu gelangen. Aber vielleicht sollten wir uns aufteilen.

Die eine Gruppe könnte uns den Rücken frei halten, während die andere zur Quelle geht", entgegnete Twen.

„Dieser Meinung bin ich auch, die Aufgabe wird durch ein Verschieben auch nicht einfacher! Wir sollten weitergehen und sehen, dass wir unser Ziel erreichen. Eine Aufteilung in zwei Gruppen ist meiner Meinung nach durchaus sinnvoll. Was macht ihr? Mitgehen, umkehren oder euch uns anschließen und den Rückzug decken?", meinte Niriana an Zippo und Felix gewandt.

„Wir gehen mit euch", antwortete Zippo. „O.k., Twen, Niriana und ihr beide geht weiter", entschied Victorian. „Wir anderen halten euch den Rücken frei."

„O.k., abgemacht. Die Waffen bleiben bei der zweiten Gruppe. Sollten wir gefangen genommen werden, haben die anderen die Möglichkeit, uns zu befreien und wir haben unter Umständen bessere Karten, da die Kreaturen uns unbewaffnet nicht beschießen werden", antwortete Twen. Und so trennten sich beide Gruppen. Die eine sicherte den Gang, die andere machte sich auf, tiefer in die Festung vorzudringen.

Die Beleuchtung wurde stärker. Je weiter sie den Gang voranschritten, desto heller wurde das künstliche Licht. Vereinzelt tauchten jetzt Lichtschranken auf, über die sie vorsichtig steigen mussten. Manchmal waren die Schranken so angeordnet, dass es einfacher war, unten drunter durchzukriechen. Es dauerte fast eine halbe Stunde, bis die Vierer-Gruppe das leise Rauschen einer Quelle hörte. Komisch, dachte Zippo. Sollte es sich im Falle der Quelle wirklich um eine Wasserquelle handeln? Wie sollte Wasser die Kraft haben, die Kreaturen derart mit Energie zu speisen, dass diese ihre Kräfte entfalten konnten? Felix wurde langsam nervöser und die Spannung stieg bei den anderen ebenso.

Alle waren gespannt, was sich letztlich als Quelle entpuppen würde. Das gelbliche Licht eines Deckenstrahlers durchdrang den Raum, der sich vor ihnen erschloss. Durch die große Höhle inmitten der Festung, in der Mitte von einem kleinen See durchflutet, wirkte die Umgebung der Quelle anmutend und verzaubernd. Leichter Wasserdampf stieg über dem Seewasser empor, was sicherlich zu den feuchten Bodenbelägen in der Festung führte. War das die Quelle, das Wasser des Sees?, fragte sich Zippo.

Sie gingen vorsichtig auf den See zu und schauten sich andächtig um. An den Wänden sickerte Wasser in kleinen Rinnen herunter und suchte sich seinen Weg Richtung See. Rote Färbungen mit schwarzen und grünen linienartigen Einfärbungen schimmerten von den Felswänden. Kleine Lebewesen schlängelten sich entlang der Felswände. War der Felsuntergrund eben noch rot, änderte sich die Farbe, nachdem die kleinen Tiere über die jeweilige Stelle krochen. Dem grünen folgte nach und nach ein schwarzer Strich. Als ob eine chemische Reaktion durch das Darüberkriechen der Tiere ausgelöst wurde. „Merkwürdig, seht ihr das an den Felsen? Sobald eines der Tierchen über den Fels kriecht, ändert sich nach und nach die Einfärbung. Habt ihr so etwas schon mal gesehen?“, fragte Felix.

„Nein, niemals bis jetzt. Ob dieser Vorgang etwas mit der Kraft der Quelle zu tun haben könnte? Wie gehen wir weiter vor?“, fragte Niriana.

Ein Grunzen war zu hören, es kam von der anderen Seite der Höhle, wurde aber nicht lauter und somit blieben alle einigermaßen ruhig und versuchten die Lage einzuschätzen.

Das Wasser des Sees war klar. Man konnte den Grund erkennen, der ähnlich der Felswände mit kleinen Tierchen übersät war. Im Gegensatz zu den Tierchen an den Wänden schimmerten die Tierchen durch ein zartes Violett, was bizarr wirkte und Niriana ein Grinsen in ihr Gesicht trieb. Zippo schaute Niriana an und folgte ihrem Blick auf den See. Auch er konnte sich ein Grinsen nicht verkneifen, denn die Tierchen änderten sogar die Farbe, wenn sie sich aufeinander zubewegten und berührten. Twen räusperte sich: „Ich glaube, dass die Kraft und die Quelle im Zusammenhang mit diesen Tierchen stehen.“

„Wie kommst du darauf?“, fragte Felix.

„Die Kreaturen filtern das Wasser und füllen es danach in Tanks ab, ähnlich des Tanks, in welchem wir uns verstecken konnten. Die gefilterten Partikel werden permanent gesammelt und anschließend getrocknet. Nach der Trocknung werden sie in kleine Riegel gepresst. Die Riegel werden mehrmals in der Woche ausgegeben und dienen somit als Nahrungsergänzung oder Quelle ihrer Kraft.“

„Wenn dem so sein sollte, dann haben wir ein Problem. Wir können den See nicht zerstören, denn wir benötigen auch Trinkwasser für die Trockenzeit. In der Vergangenheit konnten wir immer wieder Tanks stehlen und diese leeren. Zerstören oder vergiften wir den See, entziehen wir uns der eigenen Überlebensfähigkeit. Lasst uns eine Probe und ein paar von den Tierchen mitnehmen und uns mit den Anderen beraten“, meinte Zippo an Twen gerichtet. „Ich glaube, wir haben für heute genug gesehen und können vielleicht noch unentdeckt aus der Festung gelangen.“

„Das sollten wir tun. Auch gefällt mir nicht, dass die Festung so einfach und ohne Wachen für uns erreichbar gewesen ist. Lasst uns zurückgehen und eine Probe des Wassers mitnehmen.“

Keiner von ihnen bemerkte die großen Augen, die sich während ihrer Unterhaltung, über ihnen auf sie gerichtet hatten. Das vier Meter lange Geschöpf hing zusammengekauert an der Höhlendecke und hatte vor sich hingedämmert, bis sich die Vierergruppe in die Höhle begeben hatte. Die Nüstern bebten leicht, als das Geschöpf Witterung aufnahm. Tausende von kleinen Härchen bildeten den Rahmen des feuchten Geruchsorgans, welches einer überdimensionalen Nase glich. Die Augen erfassten jede Bewegung der Gruppe. Jede andere Bewegung wurde durch das Geschöpf vermieden, es verharrte, es witterte, es spannte die Muskeln fertig zum Sprung. Das Grunzen aus der Ferne lenkte das Geschöpf ab. Für einen Moment hielt es inne. Genügend Zeit für Twen, Zippo, Felix und Niriana, Wasser abzufüllen und sich wieder zurückzuziehen.

Das Geschöpf mit seinem langen Schwanz bewegte sich leicht, um sich dann wieder eng angepresst an die Deckenhöhle zu schmiegen. Keiner der Gruppe hatte diese Bewegungen wahrgenommen. Zum Glück vielleicht, denn man wusste nicht, wie Ausaritechsen reagieren, wenn man sie unangemeldet aufsucht oder stört. Ausaritechsen fraßen alles, was ihnen als lebendiges Wesen vor die Füße lief. Die Echsen waren nicht wählerisch. Sie fraßen Kreaturen, Waldtiere, eben alles, was zum Verzehr geeignet war. So kam es, dass die Gruppe ohne Angriff auf ihr Leben den Rückzug zum Festungsausgang antreten konnte.

Schüsse fielen. Schreie hallten durch die Gänge. Eins, zwei, drei heftige Explosionen folgten kurz hintereinander und sorgten für helle Aufregung unter den vier Gefährten. Sie fingen an zu rennen und folgten dem lauten Getöse aus einem der Gänge. Wieder waren die Einschläge von Schüssen zu hören, lautes Grunzen und Quieken durchbrach das Krachen, gefolgt von einer weiteren heftigen Explosion. Rauch zog ihnen entgegen, was die Sicht schnell verschlechterte. Niriana stolperte und konnte ihr Hinfallen gerade noch vermeiden, weil ihr Zippo geistesgegenwärtig unter den Arm griff. Nun sah Zippo auch den Grund fürs Stolpern. Abgerissene Beine und Arme lagen herum. Die Kampfhandlungen zwischen der anderen Gruppe und einiger Kreaturen mussten schon vor einiger Zeit begonnen haben. Schreie kamen aus dem Dunst. Kampfgetöse folgte und Schüsse durchbohrten den Arm von Twen. Er fluchte laut auf, wurde aber von Niriana sofort mit ihrer Hand daran gehindert, weitere Laute von sich zu geben. Ehe sie sich versahen, standen sie allesamt mitten im Gefecht – aber mit wem? Man sah ja die Hand vor Augen nicht!

Tsurin, Eikon, Victorian und Anisto waren gerade an einem kleinen Abzweig angelangt, als eine Gruppe von sechs Kreaturen auf sie aufmerksam wurde. Die Kreaturen hatten sich bei einem ihrer Rundgänge getroffen und tauschten sich gerade mit Neuigkeiten aus, als die fünf Gefährten aus dem Schatten einer der Gänge fielen. Ihnen blieb keine Zeit. Einen Moment der Unachtsamkeit hatte genügt und der Abwärtsdrall auf dem glitschigen Boden hatte sie alle erfasst. Sie purzelten und fielen durcheinander an das Ende des Ganges und den Kreaturen fast vor die Füße. Der Anblick muss grotesk gewirkt haben, denn die Kreaturen vergaßen bei ihrem Angriff sogar ihr sonst übliches Grunzen. Anisto wurde als Erster verwundet und krümmte sich vor Schmerzen auf dem nassen Boden. Tsurin schoss sofort auf die ihm am nächsten stehende Kreatur und versuchte, Anisto mit seiner anderen Hand auf die Beine zu stellen.

Victorian ballerte, ohne darüber nachzudenken, wen er angreifen sollte oder was er als Nächstes tun könnte. Es ging ums nackte Überleben, das war allen sofort klar geworden. Also zog er im Schießen die Tasche nach vorne, zog die Handgranaten heraus, biss den Bolzen mit den Zähnen ab und schmiss die Kugel in den offenen Mund einer Kreatur. Die Explosion riss den Kopf der Kreatur auseinander. Die Fetzen flogen durch die Luft, Flüssigkeit spritzte aus dem kopflosen Rumpf, was die nebenstehende Kreatur noch wilder machte. Sie sprang auf Victorian zu, schlug ihm die Waffe aus der Hand, packten und schleuderten ihn auf einen der Gänge zu. Er schlitterte direkt vor die ankommende Gruppe und kam bei Twen zum Liegen. Twen langte in den Rucksack und holte weitere Handgranaten heraus, gab eine Felix und eine andere Zippo und stürzte sich, gefolgt von beiden, ins Getümmel.

Niriana beugte sich zu Anisto und fragte: „Hast du dich verletzt?"

„Nein. Glaube nicht. Wie kommt ihr denn hierher?"

„Später, lass uns kämpfen!" Schon sprang sie mit der Laserpistole von Anisto in der Hand auf eine Kreatur los. Einige Minuten vergingen, bis die Kreaturen von ihnen abließen und in einen der Gänge verschwanden.

„Drei tote Kreaturen, langsam bekommen wir Routine im Töten!", krächzte Felix.

„Kann man wohl sagen", ergänzte Zippo. „Lasst uns verschwinden und zwar schnell!", fügte Twen hinzu. Und so rannten sie, Anisto stützend, in den Gang hinein, aus welchem vorher die fünf gekommen waren.

Ein Heulen durchfuhr das Innere der Festung. „So ein Mist! Jetzt wird Alarm ausgelöst. Macht schneller, Leute!", schrie Niriana. Sie rannten so schnell es ihnen möglich war. Anisto verzog bei jedem Schritt das Gesicht. Offenbar hatte er sich doch schwerer verletzt oder sogar etwas gebrochen, denn er konnte nicht vollständig auftreten. Sie passierten die Nische und gelangten zum Eingang der Festung. Das Tor senkte sich nach unten. Der Spalt wurde immer kleiner und nur mit Mühe gelang es ihnen, sich gerade noch nach außen durchzuquetschen. „Los, weiter, wir dürfen nicht stehen bleiben. Die Reiter kommen sicher auch bald zurück, sie werden den Alarm mitbekommen haben!“, rief Zippo.

„Wohin sollen wir denn? ...“, rief Twen. „…In Euer oder in unser Versteck?“

„In unser Versteck, denn man erwartet uns zurück“, antwortete Felix.

Sie rannten, stolperten, fielen hin und standen schnell wieder auf. Alle wollten so schnell wie möglich die Gegend um die Festung hinter sich lassen. Sie wurden beobachtet, aber keinem der Gruppe fiel es auf, wie auch, denn alle waren genug mit sich selbst beschäftigt.

So stark mit sich beschäftigt, bemerkten sie den kleinen Mann, der den Namen Tschangan trug, nicht, der am Rande der Waldlichtung stand und ihnen bei ihrer Flucht zusah. Sie bemerkten auch nicht, dass dieser kleine Mann eine Steuerung bediente und eine Drohne lenkte und auf diesem Weg begann, die flüchtende Gruppe zu observieren.

Keine zwei Stunden waren seit ihrer Rückkehr vergangen. Nun saßen Zippo und Felix zusammen und skizzierten die letzten Erkenntnisse über die Festung.

Expansion

„Klara, sehen sie raus. Wir fliegen soeben an ihrem Zuhause der kommenden Monate vorbei“, rief Bob. Boris, Klara und die Anderen folgten dem „Weckruf“ und schauten auf das rot schimmernde Raumschiff. Es wirkte majestätisch und strahlte eine noch nie da gewesene Überlegenheit aus. Ja, wir haben eine Menge geleistet, um dieses Schiff mit diesen Waffen und dem neusten Antrieb zu entwickeln. Schade nur, dass der erste Einsatz gleich existenziell für die gesamte Menschheit zu werden schien. Klaras Gedanken waren denen von Boris ähnlich, denn er sagte prompt: „So ein Mist. Wie gerne hätte ich dieses Schiff zwecks erfreulicherem Anlass betreten!“

Das folgende Andockmanöver vollzog sich wie alle Routinemanöver. Ehe man sich versah, wurden die Luken geöffnet und die Mannschaft begann mit dem Umladen der Fracht. Bob hatte die Erlaubnis bekommen, direkt an dem neuen Terminal anzudocken, obwohl es noch nicht fertiggestellt war. Das war eine gute Nachricht, denn das ersparte der Crew die Landung auf dem Mars und den erneuten Transfer zur Expansion.

Admiral Clark stand am Lukeneingang der Expansion. „Herzlich willkommen an Bord. Treten Sie ein und fühlen sie sich wie Zuhause!“ Er lachte und strahlte über sein breites Gesicht. Die dunkle Jacke hatte er gerade erst angezogen und so schimmerten seine Brusthaare durch sein weißes Hemd, als er Klara begrüßte. „Sie müssen Klara sein, stimmt´s? Und Sie Boris, da ist ja auch Antonie. Treten Sie ein!“

„Hallo Admiral, wie weit sind die Vorbereitungen vorangekommen?“, fragte Klara.

„Wir haben die Vorräte an Bord, die Mannschaft ist bis auf zehn Mann komplett, wir denken, dass wir in zwei Stunden aufbrechen können. Sobald Sie ausgela-

den und ihre Kabinen bezogen haben, sind wir soweit, davon gehe ich aus!“
Klara schaute sich um und antwortete: „O.k., Admiral zeigen Sie uns bitte unsere Unterkünfte und verbinden Sie mich bitte anschließend mit Zaistron!“

Klara folgte dem Admiral durch die Luke und betrat als Erste der Neuankömmlinge die Expansion. Es war ein eigenartiges Gefühl, als sie schließlich ihre Kabine betrat. Alles neu, steril und unpersönlich, es war von ihr auch nichts anderes erwartet worden. Nun lag es an ihr, sich etwas heimelig einzurichten. Ein paar Fotos aufzustellen, ihre persönlichen Dinge auszupacken, um somit ein bisschen ihren eigenen Stil und Geschmack in die Kabine zu bekommen. „Admiral Clark, bitte nehmen Sie mich sofort mit auf die Brücke. Ich möchte mir das Schiff anschauen, damit ich später, wenn wir starten, ein wenig mit meiner Arbeit beginnen kann.“

„O.k., dann wollen wir mal!“ Klara folgte dem Admiral und schaute sich parallel dazu um, damit sie später auch den Weg zurückfinden würde. Sie passierte die Unterkunft der Crew, die Kabine von Boris und die Unterkunft von Antonie. Sie kamen zu einer Art Schleuse, gingen hinein und, ehe Klara es bemerkte, schwebte sie bereits nach oben. Die Schleuse war der Eingang zum Aufzug – clever gemacht dachte sie, welch Weiterentwicklung im Vergleich zu früher, wo man noch auf Aufzüge warten musste und Türen öffneten und schlossen, bevor man losfuhr. „Ja, alles auf dem neusten Stand der Technik. Aufzüge der klassischen Art gibt es auf dem gesamten Schiff nicht mehr, die mechanischen Türmechanismen sind zu oft ausgefallen, wenn wir mit Schiffen in Turbulenzen oder Gefechte geraten sind. Aus diesem Grund hat man diese Gleitsysteme entwickelt. Man steigt einfach ein und wird nach oben oder unten befördert, ohne dass sich große Lasten bewegen müssen. Alles basiert auf einer Magnetschwebetechnik, ich erkläre Ihnen die Details ein anderes Mal. Da wären wir, hier beginnt die Kommando-Zone, da vorne geht der Weg zur Brücke. Hier hinten liegt das Casino mit der Offiziersmesse, hier sitzen die Bord-Ingenieure und hinter der Tür ist die Brücke, folgen Sie mir."

„Beeindruckend, wirklich - ich bin sprachlos. So etwas habe ich noch nie gesehen. 360 Grad Rundumblick, so etwas ist ja eine technische Meisterleistung!"

„Ja, da haben Sie recht! Wir sitzen zentral im Raum und können in alle Richtungen Ausschau halten, was besonders in Kampfeinsätzen von entscheidender Bedeutung sein kann. Aber wir hoffen ja nicht, dass wir zum Kampfeinsatz fliegen, nicht wahr?"

„Nun, da haben Sie recht, Admiral. Das hoffen wir alle nicht. Wissen können wir es aber im Gegenzug auch nicht. Bleibt nur zu hoffen, dass die Mission friedlich verläuft!"

Boris kam auf die Brücke. Der Computer schaltete sich ein und es erklang: „Unbegleitete Person betritt die Brücke, Erlaubnis wurde erteilt, da keine Zutrittsbeschränkung aktiv ist!" Klara drehte sich um: „Hallo Boris, richtig beeindruckend, findest du nicht auch?"

„Absolut, bin gespannt, wie sich das Schiff beim Fliegen verhält. Wenn es sich so fliegen lässt, wie es aussieht, dann haben wir zumindest eine angenehme Flugzeit."

„Klara, ich möchte dich nochmals kurz sprechen. Wenn du hier fertig bist, erwarte ich dich in meiner Kabine, ginge das?"

„Geht klar, komme nach dem Gespräch mit Zaistron zu dir, bis gleich."

„Admiral, können Sie mir eine Verbindung zu Zaistron aufbauen?"

„Machen wir, einen Moment bitte. Hanson, bringen Sie uns bitte auf Sendung. Wollen mal sehen, wie Zaistron auf der Großleinwand wirkt!" Grinsend schaute der Admiral zu Klara.

„Da schwingt ja eine gehörige Portion Ironie in ihrer Stimme, Herr Admiral", sprach Klara lachend dem Admiral zugewandt.

Louis Hanson war nicht nur ein Bordingenieur und erster Offizier der Expansion. Er war auch ein guter Freund Clarks.

„Ihr habt ja mächtig gute Laune, wie mir scheint. Na, gut auf der Expansion angekommen?" Klara drehte sich dem Bildschirm zu und grinste frech dem müde wirkenden Zaistron entgegen.

„Na klar, bei so einem Schiff, dieser Aussicht und den freudigen Erwartungen, was glaubst denn du, wir sind alle guter Dinge und können es kaum erwarten, Abschied aus unserem Quadranten zu nehmen …"

„So, so, soll ich das glauben? Wenn es euch gefällt. Klara, wir hatten erneut Kontakt. Wir konnten die gesamte Botschaft aufnehmen. Bin daraufhin nach Houston geflogen, wo ich am Zentrum für Kommunikationsformen den Kontakt auseinandernehmen lasse. Was gibt es bei euch Neues?"

„Wir sind gut angekommen, haben uns alle schon ein wenig kennengelernt und uns überlegt, wie wir Antonie beschäftigen können, damit sie nicht vor Langeweile zur Psychopathin wird." Klara konnte es sich einfach nicht verkneifen, durch diese spitze Bemerkung für ein wenig Unbehagen bei Zaistron zu sorgen. Er hatte sich die Sache selbst eingebrockt, sollte er die Sache auch alleine wieder auslöffeln!

„Klara, jetzt lass die Kirche im Dorf. Ich habe gute Gründe dafür, dass Antonie euch begleitet, glaub mir. Aber genug jetzt, wir haben das bereits diskutiert!"

„Du hast recht, lassen wir das. Die Anreise war problemlos, danke der Nachfrage. Die Spannung wird erst beim Abflug mit der Expansion wieder ansteigen, davon bin ich überzeugt.
Wie kommt ihr in Houston voran, habt ihr Ideen, welche Botschaft hinter dem Ganzen stecken könnte?"

„Nein, bisher stehen wir noch total am Anfang. Das Einzige ist, dass wir die Region genau bestimmen konnten. Wir haben die Koordinaten bereits an Admiral Clark übermittelt. Er weiß, wohin die Reise geht. Das war ein guter erster Schritt für den Anfang!"

„Ja, das stimmt. Wie lange werden wir bis zur Ankunft im Zielquadranten unterwegs sein? Was habt ihr berechnet?“

„Ungefähr sechs Monate, drei Tage und sieben Stunden. Genauer ging es nicht. Die Krümmung der Flugbahn ist schwer zu berechnen, da wir noch nie diese Strecken geflogen sind und somit auch keine Vergleiche für die Überprüfung zur Verfügung haben. Doch glauben wir, dass die Berechnung bis auf eine Abweichung von ein paar Minuten stimmen wird.“

„Na schön, was macht meine Familie?“, fragte Klara.

„Alles in bester Ordnung, dein Vater hat alles nach deinen Vorstellungen arrangiert. Die Kinder sind in der Schule mit Kindern aus der Nachbarschaft und werden immer geholt und wieder zurückgebracht, auch beim Spielen sind immer Wachleute in ihrer Nähe. Es wird nichts passieren, du kannst dich beruhigt auf uns verlassen!“

„Danke Zaistron, so, ich möchte nun mit Boris den Tagesablauf der kommenden Tage besprechen, entschuldige mich und richte schöne Grüße an meine Familie aus! Danke und bis bald.“

Klara stand auf und, ohne sich nochmals umzudrehen, verließ sie die Brücke. Hanson stand auf und salutierte, sie nahm es zwar schemenhaft wahr, grüßte locker zurück und war bereits verschwunden als Admiral Clark und Zaistron die Konversation fortsetzten.

Auf dem Weg zu Boris dachte sie kurz an Antonie, ihr Geständnis und die möglichen Konsequenzen. Warum hatte sie die Informationen nicht für sich behalten? Erhoffte sie sich dadurch Vorteile, dass sie nun keine Geheimnisse mehr zu hüten hatte? Fragen, nichts als Fragen und keine Antworten in Sicht. Sie klopfte an Boris Tür und wartete auf das „Herein“.

„Ja bitte!“, rief Boris. „Klara, wenn du es bist, dann komm rein, bin gerade am chatten mit unserer Heimat“. Als sie eintrat, merkte sie sofort, dass Boris auch begonnen hatte, sich häuslich einzurichten. Ein paar Fotos von seiner Familie, Trikots von einer Baseball-Mannschaft und eine kleine Musik-Box standen auf dem Sideboard neben der Couch. Boris selbst saß vor dem Computer-Terminal und sprach mit einem jungen, gut gebauten Mann. „Hallo Klara, komm mal zum Computer, möchte dir Jacobus vorstellen, meinen jüngsten Neffen, Sohn meiner Schwester und derzeit in der Ausbildung zum Piloten“. Klara kam auf die linke Seite des Bildschirms und grüßte: „Hallo auf der Erde, schön dich auf diese Weise kennenzulernen. Ich bin Klara, dein Onkel begleitet mich auf einer Forschungsreise, die uns weit aus unserer Galaxie führen wird. Musst längere Zeit ohne ihn auskommen. Hoffe, das geht für dich in Ordnung!“

„Auch ein Hallo von der Erde ins All – alles klar hier und ich denke, wir werden es überstehen, ein paar Monate ohne Boris auszukommen.“

„Jacobus, wir melden uns später noch mal. Haben noch ein paar wichtige Dinge zu besprechen, die wir nicht aufschieben können. Bis später, grüß deine Mutter!“

„O.k., mach ich, halt dich fit und bis dann!“ Die Verbindung wurde beendet.

Ein Schweigen machte sich zwischen Klara und Boris breit. Nicht geplant, aber von beiden sehr willkommen. Beide hingen ihren Gedanken nach, die Telefonate hatten dafür gesorgt, dass sich die zeitliche und räumliche Trennung voll ins Bewusstsein schob und melancholische Wirkungen auslösten. Es dauerte ein paar Minuten bis Klara sich aus ihren Gedanken losreisen konnte und Boris anschaute. „Na, geht’s dir genauso? Die Gefühle spielen verrückt, fahren Achterbahn und lassen sich nur schwer beruhigen.“

„Stimmt, geht mir ähnlich. Aber wir werden uns daran gewöhnen, du wirst sehen, dass in ein paar Tagen die Schwankungen abnehmen und wir innerlich ruhiger werden. Ich habe das auch früher bei Truppenverlegungen erlebt.“

„Du wolltest mich unter vier Augen sprechen, was hast du auf dem Herzen?“

„Ich wollte es nicht versäumen, dir zu sagen, dass sich dich gerne geküsst habe und meine Gefühle spontan, aber ehrlich sind. Wiederholung sehr willkommen!“

„Oh, welch nette Überraschung. Danke, das mit der Spontanität teile ich mit dir und alles Weitere lassen wir auf uns zukommen, einverstanden?“

„Aber sicher, wir können in den nächsten Monaten sowieso keine getrennten Wege gehen.“

„Boris, ich bin müde und möchte mich ein wenig zurückziehen. Ist das o.k. für dich?“

„Ja, mach nur, wenn du möchtest, können wir die Verbindungstür zwischen unseren Kabinen offen lassen. So hat jeder seine Rückzugsmöglichkeit, ist aber auch schnell bei dem Anderen, wenn ihm danach ist. Was meinst du?“

„Ja, klingt verlockend, machen wir so. Bis später.“

Als Klara in ihre Kabine eintrat, beschloss sie sofort für etwas mehr Wohnlichkeit zu sorgen. Sie holte Fotos, Notizbuch, den tragbaren Computer und ein paar weitere Kleinigkeiten aus ihren Koffern. Man hatte ihr angeboten, die Kleider in die Schränke zu räumen. Sie hatte abgelehnt, sie wollte selbst Regie in ihren Schränken führen – so war sie es einfach gewohnt. Sie duschte, machte sich frisch und legte sich dann quer in das recht große Bett. Schon futuristisch hier, dachte sie und fiel in einen leichten Schlaf.

Admiral Clark liebte seinen Job. Die Ausbildung zum Kapitän von Raumfliegern hatte fast zehn Jahre in Anspruch genommen. Oft glaubte er, dass die Zeit von Entbehrungen, schlaflosen Nächten, in denen Wache geschoben werden musste und routinemäßige Reinigungsvorgänge von Quartieren, Waffen und Raumgleitern durchgeführt wurden, nie zu Ende gehen würde. Es wurde viel Geduld auf diesem Weg gelehrt. Heute war er mit knapp über 40 Jahren einer der jüngsten Admirale der Raumflotte. Er war stolz, dieses Kommando übertragen bekommen zu haben. Sicher, es war gefährlich, eine Rückkehr ohne Verluste nicht ausgeschlossen, die Reiseziele ungewiss und die Gefahren nicht überschaubar. Vielleicht kam keiner von ihnen von dieser Mission zurück. Dennoch war er stolz und voller Erwartungen und Ungeduld. Er wollte los und in einigen Augenblicken würde er den Start freigeben und erstmals das Ablegemanöver befehlen. Die Mannschaft war komplett an Bord, es hatten sich alle eingefunden, die Klaras Vater vorgeschlagen hatte. Eine Mannschaft mit fast legendären Eigenschaften, was die Qualifikationen der Teilnehmer an Erfahrung und Ausbildung anging. Aber es war ja auch eine für die Historie sehr bedeutende Aufgabe zu erledigen. Da durfte man auch getrost auf die Bestbesetzung hoffen bzw. diese voraussetzen.

Auf der Brücke hatten sich die Offiziere eingefunden. Clark hatte zuvor seinen Offizieren in einem Rundgang die einzelnen Etagen und Bereiche der Expansion erklärt und allerlei Fragen beantwortet. Howard Jacobson war Clark aus früheren Kurzeinsätzen bekannt und er freute sich sehr, ihn an seiner Seite zu haben.

„Howard, wollen Sie die Expansion aus dem Dog fliegen?"

„Kapitän, das wäre mir eine große Ehre!"

„Na dann, Befehl zum Ablegen erteilt. Howard, sie haben das Kommando!"

„Ai, Ai, Kapitän!"

„Brücke an Crew, hier spricht ihr erster Offizier und Kommandant im Dienst, hiermit erteile ich Befehl zum Ablegen aus dem Hangar, Maschinen an, halbe Kraft im Kriechgang voraus, bis der Hangar verlassen wurde. Danach ergehen weitere Befehle, over and out!"

Das Anspringen der Triebwerke war nicht zu hören. Hinweise, dass sich die Antriebe in Funktion befanden, konnte man auf den verschiedenen Bildschirmen am Leitpult erkennen. Jedes Triebwerk hatte eine eigene Rubrik und wurde über die Software in einer separaten Spalte auf dem Bildschirm dargestellt und über Knöpfe und Touch-Buttons am Bildschirm und auf der Tastatur gesteuert und kontrolliert. Die maximale Schubkraft des Triebwerks und wie viel Schub gerade genutzt wurde, konnte über die Ausleuchtung eines farbigen Balkens nachvollzogen werden. Für das Ablegen wurde minimaler Schub benötigt und so war eine rötliche Einfärbung am unteren Ende des Balkens zu sehen. Das Ablegen der Expansion war über die 360-Grad-Kuppel als spannendes Schauspiel für die gesamte Offiziers-Crew zu verfolgen. Ältere Schiffe verfügten meistens noch über große Leinwände, die als Projektionsfläche die Außenwelt abbildeten. Darauf hatte man beim Bau dieses Schiffes bewusst verzichtet. Um den Hangar herum war rege Betriebsamkeit. Kleine Shuttles flogen mit dem Ziel Mars ab, andere kamen an. Viele Schaulustige hatten sich an den verschiedensten Orten versammelt, um die Jungfernfahrt der Expansion zu verfolgen. Die zierliche Frau auf Plattform C fiel nicht weiter auf. Erstens staunte sie genauso wie die vielen anderen Beobachter und zweitens war jeder durch die gewaltige und imposante Erscheinung des Raumschiffes so stark ergriffen, dass sie sich unbeobachtet bewegen und Informationen einholen und absichern konnte, ohne weiteres Aufsehen zu erregen.

Zu Dokumentationszwecken nutzte sie eine neuartige Kamera, die im Rahmen ihrer Brille eingebaut worden war. Die Fokussierung erfolgte entsprechend der Scharfstellung ihrer Augen auf die jeweiligen Objekte. Eine Verbindung zwischen Augen und Brillenkamera wurde durch einen kleinen Mikrochip hinter den Sehnerven und einem Receiver im Rahmen der Brille hergestellt. Eine Aufnahme der Daten erfolgte nicht, im Gegenteil, es fand eine Direktübertragung zu einem Miniatursender statt, der in Echtzeit die digitalisierten Daten in die Weite des Alls funkte.

Unterschlupf

Der kleine Mann musste sich sehr konzentrieren. Schweißperlen, die sich im Laufe der Zeit auf seiner Stirn gesammelt hatten, liefen langsam über die rechte Wange herunter und suchten gemäß der Schwerkraft den Weg nach unten. Bekleidet war der Mann mit dunklen Hosen, grünem Hemd und einer dunklen Jacke, die äußerlich einer Filzjacke ähnelte. In seinen knöcherigen Händen hielt er seine Steuerungseinheit, um die Drohne zu lenken und die gesammelten Informationen abzuspeichern. Die Steuerung an sich war nicht kompliziert. Gelenkt wurde die Drohne durch Impulse, die durch Druckerhöhung oder -minderung auf das Tableau bestimmt wurden. Mit seinen Daumen war es dem Mann ohne große Kraftanstrengung möglich, die Drohne zu navigieren. Nur die hohe Konzentration machte ihm sichtlich zu schaffen. Drohnen waren in der Regel nicht zum Einsatz über weite Entfernungen konstruiert worden. Man nutzte sie eher im Nahbereich bis zu einer Entfernung von rund 1000 Metern. Der Grund war u. a. der hohe Konzentrationsaufwand und die damit verbundenen Risiken, wenn man nach einiger Zeit die Kontrolle immer schwieriger behalten konnte, um die Drohne und die Flugbahnen zu beherrschen.

Seinen ursprünglichen Namen hatte Tschangan schon lange vergessen. Dies lag daran, dass nach der Gedächtnislöschung ihm sein neuer Name mitgeteilt wurde, er aber zu müde gewesen war, seinen alten zu behalten. Nach einigen Jahren der Gefangenschaft war ihm vor einigen Monaten die Flucht aus der Festung gelungen. Dabei hatte er auch das Glück, einer Kreatur den Koffer zu rauben, wo Drohne, Steuerung und Aktivierungscode enthalten gewesen waren.

In dem ungleichen Kampf hatte er ohne Laserwaffe die Kreatur bekämpft und kurz vor seiner drohenden Niederlage zufällig den Kampf und den Ausgang dadurch wenden können, dass er der Kreatur eine Flasche mit einer ätzenden Flüssigkeit an den Kopf schleudern konnte. Die Flasche war nicht richtig verschlossen und so ergoss sich ein Teil des Inhaltes auf die Kopfhaut der Kreatur, was zum Glück für den kleinen Mann mit Höllenschmerzen und dem schnell einsetzenden Tod durch Verätzung für die Kreatur endete. Danach hatte er die Flucht aus der Festung fortgesetzt und war instinktiv in den Wald geflüchtet. Hier lebte er seitdem in einer unbekannten Höhle, unweit des Festungseingangs.

Auf diese Weise wurde er oft ungewollt Zeuge von Dingen, die rund um den Eingang der Festung passierten – so geschehen auch heute.

Anfänglich wusste er nicht, was er mit dem Koffer anstellen sollte. Doch brachte ihn seine Neugier mit der Zeit so weit, dass er den Koffer öffnete und die verschiedenen Inhalte eingehend prüfte, Bauteile versuchsweise zusammensetzte und schließlich bemerkte, welch seltenes Geschenk ihm die Kreatur unfreiwillig gemacht hatte.
Nun steuerte der Mann die Drohne in einem für ihn sicher wirkenden Abstand der fliehenden Gruppe hinterher. Er wollte absolut vermeiden, dass die Drohne entdeckt wurde, denn bevor er sich vielleicht zu erkennen gab, so hatte er sich vorgenommen, würde er eine maximale Ansammlung von Details seiner etwaigen Weggefährten in Erfahrung gebracht haben. Daran arbeitete er.

Wege durch den Wald waren meistens beschwerlich. So gestaltete sich auch heute der Weg für die neun Flüchtigen als sehr anstrengend. Es ging über Stock und Stein und alle hatten mit sich selbst und den Verletzten so viel zu tun, dass die Drohne wahrscheinlich auch ohne diesen großen Sicherheitsabstand kaum entdeckt worden wäre. Tschangan folgte der Gruppe mit dem größtmöglichen Abstand.

Der Himmel war wieder mal bedeckt und die Sichtverhältnisse aus diesem Grund besonders beeinträchtigt. Meter um Meter kämpfte sich die Gruppe durch das

Unterholz, bis sie nach rund 1,5 Stunden die Gegend ihres Unterschlupfes erreichten.
Felix und Zippo wurden bereits mit Hochspannung erwartet. Die plötzlich aufkommende Aufregung war nicht allein dem Umstand zu verdanken, dass beide in großer Gesellschaft zurückkamen, sondern dass Verletzte mit in den Unterschlupf gebracht wurden.
Das war das eigentliche Risiko, denn Kreaturen hatten eine feine Nase und konnten Blut und Sekrete über große Entfernungen mit ihren Geruchsnerven lokalisieren. Darin bestand die eigentliche Gefahr, entdeckt zu werden.

Für eine normale Vorstellung der Neuankömmlinge fehlte die Zeit. Die Verletzten stöhnten und ihnen galt die Fürsorge und die Verarztung zu allererst. Zippo und Felix allerdings machten sich sofort daran, die gemachten Erkenntnisse auf Papier zu bringen.
Ein schmaler, hagerer Mann mittleren Alters durchsuchte seinen Rucksack nach Medikamenten, wurde aber nicht fündig. So wurde improvisiert und die Versorgung der Wunden ohne Narkotikum durchgeführt.

In der Festung

Onyx grunzte laut und wild. Für menschliche Verhältnisse war er grauenhaft. Nicht nur seines Aussehens wegen, vielmehr durch sein vollmundiges Grunzen und das dabei entstehende Blubbern, hervorgerufen durch seine dicke Zunge, die sich immer wieder unkontrolliert durch seinen Mund bewegte. Seine kleinen Augen, tief

unterhalb der glatzköpfigen Schädeldecke, funkelten gefährlich und er schnaubte schwer. Sein Gewicht mit fast 150 kg war beträchtlich.
Wild gestikulierend sah er von seinem Bildschirm auf und verfolgte mit zunehmender Sorge den Bericht von Quantos. Seine muskulösen Oberarme hielten sich am Steuerungspult fest, nachdem er mit beiden Fäusten auf das Pult eingedroschen hatte. Quantos berichtete in Ehrfurcht erstarrt über die Geschehnisse in seiner Festung. Offensichtlich waren Aufständische, sogenannte Flüchtlinge, in die Festung gelangt und hatten mehrere seiner Untertanen getötet.

„Onyx, großer Führer, wir kamen zu spät. Die Eindringlinge waren bereits wieder verschwunden, als wir das Tor erreichten. Wir wissen noch nicht, wie viele es waren, auch nicht ob und ggf. was sie gesucht oder gestohlen haben“, sprach Quantos mit leiser Stimme.

„Verdammt, verdammt, verdammt“, grunzte Onyx, „wie konnte so etwas passieren. So viele Wachen, schlafen die denn den ganzen Tag? Das wird Konsequenzen haben! Wo ist Kabzan? Er soll sofort herkommen!“

„Jawohl, großer Führer, wir haben bereits nach ihm geschickt. Wir dachten uns schon, dass du Kabzan sofort sprechen willst.“

Quantos war schmächtig und machte eine klägliche Figur. Seine Hände waren zierlich, glichen eher den Händen einer Frau, seine Beine und Oberarme waren leicht behaart und wirkten, als hätte körperlich schwere Arbeit um Quantos immer einen großen Bogen gemacht. Vielleicht hatte Quantos aber auch stets vermieden, anstrengende Arbeiten zu vollrichten. Seine glatten Haare hatten einen rötlichen Schimmer und bildeten den Abschluss eines markanten Gesichts. Quantos hatte Onyx noch nie so voller Zorn erlebt. Angsterfüllt sah er auf seine Begleiter, die alle noch nicht gewagt hatten, etwas zu grunzen.

Wie alle Nichtkreaturen, die von Onyx und seiner Gefolgschaft gefangen genommen wurden, hatte man auch Quantos einer umfangreichen Gehirnwäsche unterzogen. Dabei stellten die Kreaturen schnell fest, welchen Glückstreffer sie mit ihm gelandet hatten. Für einen Erdling verfügte Quantos über einen sehr hohen IQ. Mit 172 Punkten auf der Bewertungsskala war er einer der Intelligentesten unter den Häftlingen. Auch Onyx waren die Fähigkeiten Quantos' aufgefallen und er nutze die Gutgläubigkeit und die unterwürfige Verhaltensweise für sich und seine Pläne gezielt aus. So kam es, dass Quantos immer mehr Aufgaben von Onyx oder Kabzan übertragen bekam, was ihn in den Genuss vieler Privilegien brachte. Privilegien, die die meisten anderen Gefangenen mit einem Misstrauen gegenüber Quantos agieren ließen.

Mit der Zeit arbeitete sich Quantos zu einem unverzichtbaren Getreuen in der Hierarchie von Onyx hinauf. An sein früheres Leben konnte sich Quantos nicht erinnern, es war ihm total abhanden gekommen. Wie alle anderen "Gewandelten", wie man die Gefangenen auch nannte, konnte er sich nicht erinnern, wer er war oder woher er kam. Bisher war es ihm auch egal gewesen, denn es fehlte ihm an nichts. Seine Arbeit bestand u. a.

darin, die Computersysteme von Onyx ständig weiterzuentwickeln. Auch die Optimierung der Steuerungseinheiten der Drohnen war zu seiner Aufgabe geworden. Aus einem Grund, den Quantos nicht kannte, besaß er analytisch hoch entwickelte Fähigkeiten. So wurde aus Quantos ein Programmierer und enger Vertrauter von Onyx. Onyx war sich der Gefahren, die mit dem Aufstieg Quantos' verbunden waren durchaus bewusst. Er musste stets aufpassen, dass Quantos nicht zufälligerweise auf Daten und Informationen stieß, die seine Herkunft betrafen. Er durfte Quantos nicht verlieren oder diesen zum Feind werden lassen. Er kannte und wusste mittlerweile zu viel. Auch über die Schwachstellen des Systems und die Möglichkeiten, mit Unterstützung des Labors die geheim gehaltene Quelle mit deren Flüssigkeit, eine der Ursachen von Onyx' Macht, für sich zu nutzen. Die Veränderung in Quantos' Einstellung, hervorgerufen durch die Geschehnisse des heutigen Tages, blieben Onyx verborgen. Quantos selbst war sich auch noch nicht sicher, wie er die Vorkommnisse verarbeiten würde.

Kabzan trat ein. Eine furchterregende Kreatur, wie Quantos empfand. Groß, stark gebaut und schwer bewaffnet baute er sich im Raum auf: „Führer, du wolltest mich sprechen? Geht es um die Eindringlinge von heute?", grunzte er. Mit einem tiefen Blick und einer in Sorgen gefalteten Stirn glotze er Onyx an. Seine Gestik wirkte provokativ auf Onyx, denn dieser stand plötzlich, begleitet von lautem Poltern, auf und stapfte auf Kabzan zu. Mit beiden Armen ergriff er Kabzans Körper und schleuderte ihn mit einer ruckartigen Bewegung gegen die linke Wand des Raumes. Dem Aufprall folgte ein Krachen, als Kabzan zu Boden fiel und auf seinen Waffen landete. Schmerzerfüllt grunzte Kabzan, vermied es aber, Onyx direkt in die Augen zu schauen. Er wusste, dass er einen möglichen Kampf gegen Onyx und seine Leibwächter nur als Verlierer beenden würde. Kabzan versuchte seine aufsteigende Wut zu kontrollieren und wartete auf den nächsten Angriff. Onyx stellte sich grunzend und sabbernd vor Kabzan: „Wie konnte das passieren? Hast du die Festung nicht mehr unter Kontrolle oder wie kannst du dir die Toten erklären?“

„Mein Führer, ich war mit einigen heute auf Patrouille. Wir ritten Gillops. Somit konnte ich die etwaige Gefahr nicht erkennen und auch nicht verhindern. Verzeiht mir bitte.“ Mehr konnte und wollte Kabzan nicht berichten. Onyx schnaubte, grunzte, schnaubte und grunzte erneut. Dann hielt er inne, drehte sich und grunzte Befehle durch den Raum. Bis auf Quantos mussten alle die Befehlszentrale verlassen.

Nun waren Onyx und Quantos allein. Quantos selbst versuchte ganz ruhig zu bleiben, atmete langsam und unterdrückte jegliches Grunzen. Er wollte in jedem Fall vermeiden, Onyx weiter zu erzürnen. Einige Momente der Stille folgten. Onyx hatte sich zwischenzeitlich wieder zu seinem Pult begeben, blickte Quantos an und grunzte: „Ich kann mir keine Fehler leisten, denn ich habe Grund zur Annahme, dass sich einige Erdlinge auf den Weg gemacht haben, uns zu finden. Wir brauchen unbedingt Ruhe und höchste Sicherheit innerhalb der

Festung – sorge dafür! Die Wachen sollen komplett bewaffnet werden, die Energiequelle soll durch Kabzan persönlich überwacht werden.
Verdoppelt die Wachen und sorgt gefälligst für eine erhöhte Frequenz der Rundgänge eurer Patrouillen. Ich will so etwas nie mehr erleben!"

Am Waldversteck

Tschangan war sehr aufgeregt. Schweißtropfen hatten sich auf seiner Stirn angesammelt und fingen an, an seinen Wangen als Rinnsal herunterzulaufen. Er konnte sich noch nicht einmal mit seinem Ärmel die Stirn abwischen, denn er durfte nicht die Kontrolle über seine Steuerungseinheit vernachlässigen. Die Drohne würde bei einem unkontrollierten Flug zu viel Aufmerksamkeit erregen und vielleicht würde man ihn dann entdecken. So fanden immer mal wieder ein paar Schweißtropfen den Weg in seine Augen. Mit der Zeit begann das Salz seines Schweißes die Augen zu reizen. Das Brennen drohte ihm langsam den Verstand zu rauben. Es hätte alles so einfach sein können, doch hatte ihn seit einiger Zeit das Glück verlassen.

Immer wieder musste er die Drohne anhalten, um selbst den Abstand zur Drohne zu verringern. Im Laufe der Verfolgung wurde der Wald dichter, ihm war dieser Abschnitt des Waldes total fremd. Auch das trug zur permanenten Steigerung seiner Nervosität bei, die ständig weiter zunahm, je länger er der Gruppe folgte.

Plötzlich vernahm er Stimmen. Nicht laut, aber unmittelbar in seiner Nähe. Die Drohne übermittelte klare Bilder, die auf dem kleinen Monitor seiner Steuerungseinheit sehr scharf dargestellt wurden. Langsam ging er Richtung Stimmen und es wurde lauter und lauter vor ihm.

Tschangan steuerte die Drohne vorsichtig entlang einer Lichtung. Er nahm einen großen Felsvorsprung wahr, der wohl mit einer dicken Erdschicht versehen war. Große Rankpflanzen wucherten herunter, die auf einen nährhaltigen Boden schließen ließen. Wie ein Vorhang der Natur verbargen die Rankpflanzen den Eingang in eine Höhle. Dort waren noch mehr Stimmen für Tschangan zu hören, als von den neun Menschen verbreitet werden konnten. Hier musste das Versteck sein, dachte Tschangan, ein großes Versteck von Flüchtlingen. Dies bewegte seine Gedanken, als er vorsichtig der Drohne folgte. Sein Körper schmerzte vor Anspannung und nur mit Mühe gelang es ihm, die Drohne zu landen, auszuschalten und diese anschließend mitsamt der Steuerung in einem kleinen Koffer zu verstauen. Er packte den Koffer in seinen Rucksack, warf diesen über und ging langsam auf die Rankpflanzen zu. Dort angekommen schob er ganz vorsichtig einige Stränge zur Seite und spähte hindurch.

Mehrere rauchlose Feuer brannten innerhalb der Höhle und sorgten neben Helligkeit für mollige Wärme, die ihm sofort entgegenströmte. Er sah einen Verletzten auf der rechten Seite neben einem kleinen Feuer liegen. Unter leichtem Stöhnen wurde diesem gerade ein Verband gewechselt. Neben dem Verletzten saßen zwei, die irgendetwas skizzierten. Eine attraktive Frau, sie wurde mit Niriana angesprochen, ging auf die Zwei zu.

„Ich möchte mich nochmals für eure Hilfe in der Festung bedanken und im Namen aller in unserer Gruppe für die freundliche Aufnahme in eurer Höhle danken", sagte Niriana zu Felix und Zippo geneigt.

„Gerne geschehen! Es ist doch auch besser für uns, wenn alle Gleichgesinnten immer mehr werden. Je größer unsere Anzahl wird, desto größer wird auch unsere Chance, den Kampf mit Onyx aufzunehmen", antwortete Felix.

„Finde ich auch", fügte Zippo bei.

„Gestern kam Sam zu uns, er ist bei der Flucht verletzt worden und wurde von einer Drohne verfolgt. Eine andere Drohne war plötzlich aufgetaucht, kam ihm zu Hilfe und zerstörte die zwei Drohnen, die ihn verfolgten. Die Kreaturen hatten die Drohnen in den Wald gesteuert, was bisher selten oder gar nicht vorkam. Hat einer von euch eine Idee, wer oder was dahinter stecken könnte?", fragte Zippo.

Die Neuankömmlinge überlegten kurz und Niriana antwortete: „Nein, aber wir sollten versuchen, den Steuerer zu finden. Vielleicht gelingt es uns, ihn für unsere Sache zu gewinnen. Es wäre großartig, wenn wir eine Drohne in die Festung bringen könnten, um weitere Informationen zu sammeln!"

„Ja, sehr gute Idee. Wir sollten morgen Zweierteams bilden und uns auf die Suche machen!"

Tschangan horchte auf. Was sollte er als Nächstes tun? Die Dämmerung hatte bereits eingesetzt. Er sehnte sich, wie schon so oft in den letzten Wochen, nach ein bisschen Geborgenheit, vernünftigem Essen und sozialen Kontakten. Sollte er sich bemerkbar machen und diesen Flüchtlinge seine Hilfe anbieten?
Noch nicht zu Ende gedacht, wurde ihm seine Entscheidung abgenommen. Plötzlich spürte er einen spitzen Gegenstand im Rücken unterhalb seines Rucksacks. Der aufkommende Schmerz riss ihn aus seinen Gedanken.

Fortsetzung folgt …

Beteiligte Personen und Beschreibungen der Planeten

Klara Schumann	Mutter von Nick und Amy und Leiterin des Projekts Nikon
Jack Schumann	verstorbener Ehemann von Klara
Ongo	geistiger Vater der Planeten Capendrian und Narigar
Kongo	Kampfgefährt der Kreaturen auf vier Rädern
Drohnen	ferngesteuertes, bewaffnetes Flugobjekt
Ziko	aufständischer Gefangener mit Steuerungsausstattung einer Drohne
Sam	Gefangener und späterer Flüchtling des Onyx-Clans
Super-Fish-Eye-Scanner	Fernglas mit Radar- und Ultrasensoren
Bea	Kinderbetreuerin von Klara für die Kinder Nick und Amy
Zaistron	Vorgesetzter von Klara und Leiter der Forschungsabteilung für fremde Lebensformen
Jacob Miller	Präsident der Vereinigten Staaten und der Vereinigten Nationen zur Erhaltung der Unabhängigkeit
Jason Thorpen	Minister für innere Sicherheit
Jenkins	Raumflottenadmiral der Vereinigten Nationen

Jacques Marceau	Shuttle-Fahrer zw. Klaras Haus und dem Büro Zaistrons
Gings	schnelle, bewaffnete Motorräder
Howard Jacobson	Erster Offizier und General der Luftwaffe
Tom Mountbutton	Waffenspezialist für Laserwaffen
Richard Albright	Wissenschaftler für die Fachbereiche Aeronautik und Astrologie
Andrew Cassidy	Dr. für innere Medizin und Transplantologie
Carlos Muriega	Dr. Dipl.-Ing. für Steuerungs- und Antriebstechnik
Thomas Harley	Kampfpilot der Navy
Catherine Turner	Professorin für Mathematik
Conny Winter	Sprachwissenschaftlerin
Boris Sandton	ehemaliger Kampfpilot der US-Army und heutiger Bodyguard Zaistrons
James Corner	Raumflottenadmiral der ESA, Teilnehmer des Entwicklungsteams für den Bau der Expansion
Michael Hammer	Leiter des Ausbildungszentrums der NASA
Humphrey Smith	Waffenspezialist für Protonentorpedos
Antonie Russel	Psychologin und gute Bekannte von Zaistron

Jason Montgommery	Vater von Klara und ranghöchster Admiral der Streitkräfte a. D.
Bob Simson	Chefkommandant der Endavour- Crew
Tim Bogart	1. Offizier der Endavour-Crew
Zippo	Flüchtling der Gruppe um Sam
Felix	Flüchtling der Gruppe um Sam
Mike	ältestes Mitglied der Flüchtlinge
Prof. Isaac Ewing	Mitglied des Forschungsteams von Andrew McDillen
James Corton	wissenschaftlicher Assistent von Zaistron
Marie	Ehefrau Zaistrons
Randolph Scott	Pilot des Firmenjets, welcher u. a. von Zaistron genutzt wird
Traktorraketen	gebündelter Protonenstrahl, Kampfwaffe der Endavour
James	Crewmitglied der Endavour (Raumkreuzer)
Expansion	neuestes Schlachtschiff der Vereinigten Nationen
Martha	Klaras Mutter
Andrew McDillen	Prof. des Houston Science Center, zuständig für Sprachanalysen
Eliot	wissenschaftlicher Assistent von Andrew McDillen

Gillops	fleischige Reitgefährten der Kreaturen
Twen	muskulöses Gruppenmitglied und Wortführer der siebenköpfigen Ausreißer-Gruppe
Niriana	graziöses Gruppenmitglied der siebenköpfigen Ausreißer-Gruppe
Tsurin	leichtfüßiges Gruppenmitglied der siebenköpfigen Ausreißer-Gruppe
Victorian	Anführer der siebenköpfigen Ausreißer-Gruppe
Eikon	aufbrausendes Mitglied der siebenköpfigen Ausreißer-Gruppe
Anisto	bedächtiges Mitglied der siebenköpfigen Ausreißer-Gruppe
Moran	todesmutiger Kämpfer der siebenköpfigen Ausreißer-Gruppe
Tschangan	kleiner, dicker Mann, der die Drohne steuerte und die neun Ausreißer observierte
Admiral Clark	Admiral der Expansion
Louis Hanson	Bordingenieur und Erster Offizier der Expansion
Jacobus	Neffe von Boris und Sohn dessen Schwester
Quantos	Gewandelter Getreuer von Onyx

Kabzan	Befehlshaber der Wachen in der Festung und verantwortlich für die Sicherheit von Onyx